MARCELLO SIMONI
IL LUPO NELL'ABBAZIA

MONDADORI

© 2019 Mondadori Libri S.p.A., Milano

I edizione Il Giallo Mondadori settembre 2019

ISBN 978-88-04-71760-7

Questo volume è stato stampato
presso ELCOGRAF S.p.A.
Stabilimento - Cles (TN)
Stampato in Italia. Printed in Italy

librimondadori.it

IL LUPO NELL'ABBAZIA

A Sergio.
Tra i miei migliori ricordi di bambino.

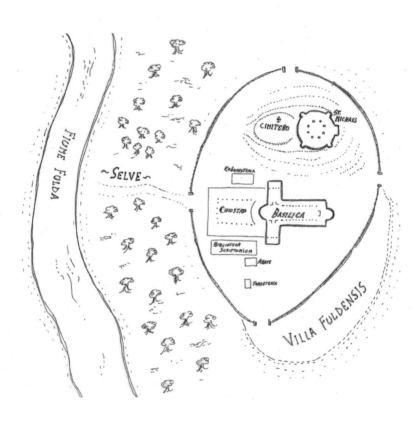

FIUME FULDA

~SELVE~

CIMITERO

ST. MICHAEL

EKKLESISTERIA

CHIOSTRO

BASILICA

BIBLIOTECA SCRIPTORIUM

ABATE

FORESTERIA

VILLA FULDENSIS

Sono in pochi a conoscere i sanguinosi eventi che si verificarono entro le mura dell'abbazia di Fulda nell'anno 832, ai tempi dell'abate Rabano Mauro e delle guerre tra l'imperatore Ludovico il Pio e i suoi figli ribelli. Ciò che accadde viene descritto in una cronaca anonima di cui sopravvive un'unica copia, il cosiddetto *Codex lupinus*: un documento di cui è stata più volte messa in discussione l'autenticità e dal quale, nondimeno, trae ispirazione il presente romanzo.

Non è lecito credere che gli uomini possano trasformarsi in belve. Ma attraverso certi fantasmi della mente, le finzioni dei demoni inculcano simili convincimenti nei bruti e negli sciocchi.

RABANO MAURO, *Homilia* XLII

Prologo

Anno Domini 832, giorno sesto del mese di dicembre
Abbazia di Fulda

Gli armigeri varcarono le cinta dell'abbazia ai rintocchi dell'ora prima. Sferzati dal turbinio della bufera, attraversarono la corte innevata fino allo spiazzo davanti al complesso claustrale e là si fermarono, muti come anime di trapassati condotte al loro estremo giudizio. Le folate biancastre erano così dense da rendere impossibile stabilire il numero esatto di quegli uomini, e pure se la stanchezza che gravava su di loro fosse dovuta a una lunga marcia o a una recente battaglia.

Li guidava un individuo in sella a un cavallo dalle proporzioni spaventose. Totalmente coperto di ferro e di pelliccia bruna, rimase immobile sul suo destriero fino a quando un monaco uscì dalla penombra di un loggiato con una brocca fumante tra le mani. L'uomo attese che il religioso versasse l'acqua calda sul ghiaccio che gli bloccava i piedi alle staffe e, non appena fu libero, smontò.

Non una parola disse, né rivolse un segno di riverenza agli altri monaci sopraggiunti per accoglierlo. Da quando era arrivato, non aveva mai staccato gli occhi dall'edificio più grande che sorgeva accanto alla basilica abbaziale.

Un edificio in pietra grigia alto due piani, col tetto interamente coperto di neve e strette finestre sigillate da tende di pergamena.

Eccetto una, dalla quale un giovane volto era intento a spiare.

Parte prima

DIVORARE LA LUNA

1

Adamantius fissò ancora per un attimo l'uomo avvolto nella pelliccia bruna, poi si scostò dalla finestra. Armigeri, pensò. Il mondo che conosceva pareva non essere fatto d'altro che di monaci e di armigeri. Quasi che le sorti dell'umanità dipendessero dal bilanciarsi di quei due antitetici contrappesi.

Eppure il disegno dell'Onnipotente doveva essere assai più complicato, rimuginò mentre tornava a intingere il calamo nella boccetta dell'inchiostro. Davanti a lui, sul ripiano obliquo di uno scrittoio, giaceva una pergamena vergata in latino con un riquadro lasciato vuoto in alto, sulla sinistra, affinché Adamantius vi tracciasse una lettera capitale decorata con motivi blu, rossi e dorati.

«Cos'hai visto?» sussurrò una voce.

Prima di voltarsi, il miniaturista spiò la figura austera di padre Verinarius, il bibliotecario, intento a vigilare fra i banchi dello *scriptorium* con la sua immancabile bacchetta di legno. Infine si rivolse al monaco che sedeva dietro di lui. Era Walfrido l'alemanno, detto lo Strabico per via delle sue iridi che parevano non essere mai d'accordo su quale punto posarsi. A dispetto dell'età, che non raggiungeva le venticinque primavere, godeva della fama di ottimo teologo.

Adamantius, che era più giovane di lui d'un paio d'anni, si strinse nelle spalle. «Non ho visto un bel niente» rispose con fare laconico.

«Bugiardo» lo punzecchiò Walfrido. «Sei rimasto affacciato alla finestra per almeno mezza clessidra.»

«Erano soldati, vero?» si aggiunse una terza voce. Apparteneva a Lupo di Ferrièrs, un borgognone paffutello che trovava posto accanto allo scrittoio di Walfrido. Pur essendo loro coetaneo, si distingueva per l'appartenenza a una famiglia nobile di Sens e non perdeva occasione per vantarsi del fatto che suo fratello fosse stato nominato vescovo di Auxerre. «Erano soldati di certo» continuò in un crescendo di persuasione.

«E tu che ne sai?» replicò Adamantius senza degnarlo di uno sguardo.

«Ho udito nitrire dei cavalli.»

«Erano somari» lo canzonò Walfrido. «Somari grossi e stupidi, come te.»

«Zitto tu, con quegli occhi da civetta!»

«Lupo ha ragione» intervenne Adamantius, prima che i due finissero per litigare. «Soldati, un intero contingente. Hanno varcato le cinta dalla porta meridionale e...»

Una bacchettata lo colpì di sorpresa all'orecchio destro, strappandogli un gemito di dolore.

Il monaco abbozzò un istintivo cenno di scuse in direzione di padre Verinarius, piombato al suo fianco con la rapidità di un falco, per poi rimettersi al lavoro senza più far caso agli amici.

Forma e colore, pensò, mentre si sforzava di fugare dalla mente l'immagine degli armigeri penetrati nella corte dell'abbazia. Del resto, la capacità di concentrazione non gli mancava. Lui era uno dei migliori miniaturisti di Fulda. Forse tra i più dotati della cristianità. O così per lo meno gli aveva confidato l'abate Rabano di Magonza, quando, tre anni prima, aveva fatto leva sulla sua superbia per portarlo via da Tours e condurlo in quel cenobio freddo, inospitale, eppure immensamente prestigioso.

Armatosi quindi dei suoi migliori propositi, Adamantius si dedicò a ciò che sapeva fare meglio, tracciando nello spazio vuoto della pergamena una magnifica S capitale intrecciata da motivi sinuosi che ricordavano le spire di una coppia di serpenti, dopodiché riempì lo sfondo con un motivo a scaglie dorate.

Il ricordo dell'uomo coperto di ferro e di pelliccia, con le staffe incrostate di ghiaccio, continuò tuttavia a perseguitarlo fino ai rintocchi dell'ora seconda. Quando il padre bibliotecario, ripresentatosi al centro dello *scriptorium* dopo una breve assenza, attirò l'attenzione degli amanuensi facendo tintinnare una campanella d'ottone.

«L'intera *familia* è stata chiamata a raccolta nella basilica abbaziale» dichiarò con una voce altisonante e al contempo venata di apprensione. «Sua venerabilità l'abate ha importanti notizie di cui metterci al corrente.»

2

«Cosa sarà mai successo?» domandò Lupo, mentre seguiva col suo goffo incedere i due amici.

«Di sicuro si tratta della venuta degli armigeri» rispose Adamantius, massaggiandosi l'orecchio destro che ancora gli doleva dopo la bacchettata del padre bibliotecario.

«E noi cosa c'entriamo?» protestò Walfrido, intento a fregarsi le mani contro il petto. Era il più freddoloso del gruppo e durante i mesi invernali rimpiangeva sovente il suo amato monastero di Reichenau, dove aveva portato a termine il noviziato. «Cosa c'entriamo noi» ripeté, «se dei soldati hanno deciso di transitare attraverso il nostro cenobio?»

Scesi insieme agli altri amanuensi alla base dell'edificio che ospitava la biblioteca e lo *scriptorium*, imboccarono un ambulacro dalle arcate di pietra affacciate all'esterno, attraverso le quali si stagliava contro il cielo grigio la basilica di Fulda. Era la più grande mai costruita a nord delle Alpi, dotata di un corpo monumentale che si sviluppava da est a ovest secondo un'impostazione simile a quella di San Pietro in Vaticano.

Ciò nondimeno, Adamantius non la degnò di un'occhiata. Accorgendosi che la bufera era cessata, rivolse invece lo sguardo alla corte coperta di neve. Gli armigeri non c'erano più, ma avevano lasciato un solco d'impronte fino alla porta meridionale della palizzata che cingeva lo spazio abbaziale.

«Dov'è Gotescalco?» chiese all'improvviso, richiamando l'attenzione degli amici.

Lupo scosse il capo, a intendere che non ne sapeva nulla.

Walfrido invece emise un sospiro. «Starà ancora scontando la sua punizione, suppongo.»

«Ancora?» si meravigliò Adamantius. «Sempre alle cucine?»

«Pare l'abbiano mandato a caccia di topi» spiegò l'alemanno con un'espressione contrita.

«Come un gatto!» ridacchiò Lupo.

«Non essere infame» lo ammonì il miniaturista. «Sai bene quanto soffre, il nostro Gotescalco.»

Parlare del quarto componente della loro cerchia di amicizia gli infondeva sempre una punta di amarezza. Figlio del conte Bernone di Sassonia, Gotescalco era stato donato dai genitori, ancora infante, ai monaci benedettini affinché lo iniziassero alla vita religiosa. Vita che però il giovane non amava affatto, al punto da aver tentato più volte di riscattare la propria condizione.

Adamantius soffocò il dispiacere sul nascere. Aveva appena varcato il portale della basilica insieme ai suoi confratelli, ritrovandosi all'interno di un edificio a tre navate, con due absidi contrapposte e dotato di un lungo transetto che gli conferiva una caratteristica forma a T.

Proprio al centro del transetto, in luogo dell'altare maggiore, l'abate Rabano di Magonza si ergeva davanti agli oltre quattrocento monaci benedettini che appartenevano al cenobio.

Anziché concentrarsi su di lui, Adamantius osservò l'uomo che gli stava al fianco.

Era l'individuo giunto in testa agli armigeri quel mattino stesso. Ancora avvolto nel suo mantello di pelliccia e nella lorica di ferro, pareva un gigante anche al cospetto dell'abate, che non era affatto di bassa statura.

Rabano, dal canto suo, gli stava di fianco con le mani giunte in grembo, senza tradire il minimo segno di soggezione. Non era certo uno di quei tremuli prelati avvezzi a genuflettersi davanti ai potenti. Eguale nel contegno a un nobile, se non a un monarca, aveva incontrato in più di un'occasione papa Gregorio e l'imperatore Ludovico per pronunciarsi su questioni vitali per la cristianità tutta e massimamente per l'Ordine benedettino, al quale era affidata la stabilità non solo spirituale del Sacro Romano Impero.

Fu con la sua consueta ieraticità, pertanto, che si espresse. «Miei dilettissimi monaci, amati figli» esordì, «vi ho voluti qui riuniti, distogliendovi *brevissime* dalle sante occupazioni che danno lustro alla nostra abbazia, per mettervi al corrente di eventi recenti che forse, agli occhi di alcuni, non saranno sfuggiti.»

L'armigero al suo fianco accennò a voler prendere la parola, ma l'abate lo tacitò con un gesto che univa cautela ad autorità.

«Un contingente dell'imperatore» continuò «ha varcato stamane le cinta dei nostri possedimenti, chiedendo asilo finché non gli sarà possibile riprendere la marcia verso nord. A causa di una feroce bufera che imperversa sull'Assia, la via tra i centri di Magonza e di Erfurt, nel mezzo della quale sta Fulda, è infatti divenuta impraticabile, al punto che sarebbe rischioso avventurarvisi.»

Adamantius scambiò un'occhiata perplessa con Walfrido e Lupo. Poi studiò le espressioni dei capitolari, ossia i dodici monaci di sangue nobile assisi ai lati del coro, riscontrando sui loro volti il suo stesso sconcerto.

«Come ben sapete» soggiunse Rabano, «stiamo attraversando tempi di grandi incertezze. Dopo l'infelice esito della dieta di Worms, l'imperatore ha dovuto far fronte alla rivolta armata dei suoi figli e...»

«Worms ha portato sfortuna a molti» commentò qualcuno, con un bisbiglio, alle spalle del miniaturista.

Quest'ultimo si voltò di scatto, trovandosi di fronte al sorriso lentigginoso di un ragazzone alto due spanne più di lui e con i capelli del colore della fiamma. «Gotescalco» lo salutò sottovoce, «mi stavo giusto chiedendo che fine avessi fatto.»

Il sassone si strinse nelle spalle squadrate, forse più adatte a indossare un'armatura che una tonaca. Il figlio del conte Bernone era infatti dotato della stazza d'un guerriero e d'un vigore incontenibile che, a detta di molti, doveva rendergli difficile acclimatarsi alla vita monastica.

«Tutta colpa di Worms...» ripeté Gotescalco, mentre il suo sorriso si trasformava in una smorfia di delusione.

Adamantius sapeva bene a cosa alludesse. La dieta di Worms, tenutasi tre anni prima, non aveva scontentato soltanto l'erede legittimo dell'imperatore, Lotario, che era stato privato dal padre dei possedimenti di Svevia, Alsazia e Rezia perché venissero donati al suo giovane fratellastro. In quell'occasione era uscito perdente anche Gotescalco, che nell'ambito dei dibattiti secondari si era visto negare il permesso di svincolarsi dalla vita religiosa.

«L'*Ordinatio imperii* vacilla!» continuava l'abate, alzando i toni come se stesse recitando un'omelia sull'Apocalisse. «I figli rivoltosi di Ludovico il Pio muovono le armi contro il loro stesso padre, portando il caos fino al limitare delle nostre terre! E l'imperatore non può fare altrimenti che reagire, inviando i suoi eserciti laddove sia necessario ristabilire l'ordine e la pace! Eserciti come quello che è venuto a bussare alle nostre porte.»

«Ipocrita» commentò Gotescalco a denti stretti.

«Taci» bisbigliò in sua direzione Walfrido. «Desideri forse che t'inaspriscano la punizione?»

«No» gli rispose con sprezzo il sassone. «Però l'abate resta un ipocrita. È noto a tutti che egli parteggi segretamente per il ribelle Lotario, e che lo vorrebbe incoronato al posto di Ludovico.»

Adamantius lo zittì con una gomitata. «Per carità di Dio» lo rimproverò. «Vuoi fomentare una disputa proprio adesso? Davanti a un generale franco?»

Quelle ultime parole dovettero risuonare un po' troppo forti, poiché Rabano interruppe il discorso e prese a scrutare tra i monaci alla guisa d'una volpe in cerca della preda. I quattro amici sprofondarono immediatamente nel silenzio, con gli occhi bassi. A eccezione di Gotescalco, che continuò a fissare sua venerabilità col volto pieno di sdegno.

L'abate soffermò per un attimo lo sguardo su di lui. Infine, dissimulando indifferenza, riprese a parlare all'intera *familia*. «Il *magister* Sturmio» spiegò, alludendo all'individuo che gli stava accanto «troverà accoglienza con un pugno di suoi uomini nella nostra foresteria.» E dopo aver atteso un suo cenno di consenso, concluse: «In quanto al grosso dell'esercito, alloggerà al di fuori delle cinta abbaziali, nella *Villa Fuldensis*».

«Oh, bene» ghignò Gotescalco, quasi avesse appena escogitato una segreta macchinazione.

«Cosa intendi?» sobbalzò Adamantius, che conosceva bene quel tono.

Il sassone lo fissò con aria cameratesca. «Che stanotte andremo a curiosare tra gli accampamenti dei soldati.»

3

Tra le poche debolezze che Adamantius si attribuiva, c'era quella di non saper dire di no agli amici. Specie a Gotescalco, che col suo carisma di ribelle riusciva sempre a coinvolgerlo in avventure rischiose. Come durante l'ultima notte di San Giovanni, quando l'aveva convinto a fuggire dal *dormitorium* per avventurarsi nelle selve estese a occidente dell'abbazia, fino alle bettole dei villici erette sulle sponde del fiume Fulda. Anche Lupo e Walfrido avevano partecipato all'impresa. E tutti insieme, coi capelli arruffati per nascondere le tonsure, si erano divertiti come folli danzando e bevendo coi rustici fin quasi all'alba.

Poi c'era stata la volta in cui Gotescalco aveva proposto di spingersi più lontano, approfittando di un carro di fieno diretto al contado di Magonza. Ma in quella circostanza, mentre, già nascosto tra i fili di paglia, il ribelle aspettava d'essere raggiunto dagli amici, era stato scoperto e trascinato davanti all'abate. Dopodiché era stato punito. Prima con la reclusione nelle cripte, poi con l'obbligo di aiutare il padre cuciniere nei lavori più umilianti fino a quando il venerabile Rabano non avesse deciso altrimenti.

Non erano ancora trascorsi tre mesi dall'accaduto, e Gotescalco si apprestava già a commettere una nuova trasgressione.

«Se stavolta ti scoprono...» lo mise in guardia Adamantius.

«Cosa possono farmi?» ironizzò il sassone con tono di sfida. «Mi estrometteranno dall'Ordine? È quello che voglio.»

«Se pur ti cacciassero» gli fece presente Walfrido, che gli voleva bene come un fratello. «Non significa che erediterai i possedimenti di tuo padre. Dovrai vagare come un miserabile, senza nemmeno una crosta di pane con cui placare i morsi della fame.»

Gotescalco bofonchiò qualcosa tra i denti, dopodiché continuò a guidarli a capo chino verso la palizzata eretta a difesa della corte abbaziale. Era notte fonda e la recita di compieta già conclusa. Nessuno si sarebbe accorto della loro assenza fino al mattutino, sempre che un sorvegliante non li avesse sorpresi in quel momento, mentre avanzavano sulla neve, avvolti nei loro mantelli.

«Attenti!» sussurrò il miniaturista.

I tre si nascosero appena in tempo dietro il recinto di uno stabbio per veder passare la sagoma di un uomo grasso e barbuto.

«Dev'essere il porcaro» bisbigliò Walfrido. «Controlla le sue bestie prima d'andare a coricarsi.»

«A proposito di porci» fece Gotescalco. «Dov'è Lupo?»

«È pavido, lo sai» spiegò Adamantius. «Non è voluto venire.»

«Farà la spia.»

«Come puoi dirlo?»

«Chi credi che mi abbia tradito l'ultima volta?»

Il miniaturista evitò di ribattere. Conosceva bene l'amico, e sapeva di non potere fare nulla per placare la sua animosità. Un'animosità rivolta in origine ai genitori, che l'avevano abbandonato da piccolo, ma che col tempo era cresciuta alla guisa d'una malapianta, riversandosi contro l'abate e contro chiunque altro, per qualsiasi motivo, si fosse mostrato indegno di fiducia.

«Svelti!» li spronò Gotescalco, non appena ritenne d'avere via libera. Raggiunse quindi le cinta e sollevò una posterla di legno che fungeva da chiusa per un fossato attraverso il quale defluivano le acque di scolo dell'abbazia.

«Non c'è altro modo per uscire?» s'informò Walfrido, col volto congestionato dal freddo. Oltre al mantello e ai guanti di lana, indossava un berretto in pelliccia di martora che rendeva ancor più buffa la sua espressione di strabico.

Il sassone gli rivolse un gesto di scherno. «Le acque sono ghiacciate, femminuccia» minimizzò. «Ci cammineremo sopra senza lordarci i calzari.» Dopodiché diede l'esempio calandosi per primo nel fosso e, messosi carponi, sparì oltre il passaggio.

Fu poi il turno dell'alemanno.

Quando infine toccò a Adamantius, questi si premurò di fissare un ramo secco contro il battente della posterla in modo da mantenerlo aperto per il loro ritorno.

Si ritrovarono quindi all'esterno delle cinta, al limitare di una borgata sorta ai margini dei territori abbaziali: la *Villa Fuldensis*, abitata per lo più da gente rustica o di passaggio, e ben nota ai villici del contado, come pure ai monaci, per ospitare al suo centro due taverne.

Come previsto, il sassone iniziò a dirigersi proprio in quella direzione. «Gli armigeri saranno senz'altro là» sentenziò.

«Gli armigeri e la birra» soggiunse Walfrido, tradendo d'un tratto una punta d'impazienza.

Adamantius scelse di restare in silenzio per non tradire il suo imbarazzo. Non era tanto per la birra – bevanda pagana vietatissima dall'abate – che apprezzava quel genere di scappatelle, quanto per l'eventualità di imbattersi in giovani femmine. Nonostante egli amasse Dio, il lavoro dello *scriptorium* e la vita contemplativa, trovava gravoso l'obbligo di tenersi lontano da creature così incantevoli. Oltre a non condividere l'opinione diffusissima tra i monaci che ammirare il semplice sorriso di una donna equivalesse a peccato.

«Cosa stai facendo?» lo riportò all'attenzione l'alemanno.

Il miniaturista si accorse allora d'essere rimasto indietro e si affrettò a raggiungere gli amici, che avevano appena imboccato un vicolo incuneato tra casupole basse, in argilla e legno, fra le quali correva una lingua di neve mescolata al fango. Tutt'intorno si vedevano finestrelle sigillate con pelli animali, dalle cui fessure uscivano fili di luce, odori di cibo e voci gutturali.

Ecco la terza parte in cui si divideva il mondo, si disse Adamantius. Il mondo dei semplici di spirito e d'intelletto, schiacciati dal peso di chi pregava e di chi faceva la guerra.

Quei pensieri svanirono insieme alla tenebra che l'accompagnò fino all'imbocco di uno spiazzo rischiarato da un grande fuoco. Tutt'intorno, le facciate di catapecchie dai tetti spioventi racchiudevano quel cerchio di luce, quasi a contrastare il gelo e l'oscurità perenne che parevano calati sull'Assia.

«Ecco gli armigeri!» esultò Gotescalco, allungando la falcata.

Prima ancora di udirlo, Adamantius aveva scorto le sagome di molti uomini raccolti intorno alle fiamme. I loro elmi di metallo, le else delle spade e i bicchieri di peltro luccicavano al bagliore rossastro, mettendolo di fronte a un repertorio d'immagini che gli avrebbero consentito di decorare decine di pagine manoscritte. Fu però su ben altro che iniziò a rimuginare.

«Ora che li hai trovati» domandò all'amico, «cosa intendi fare?»

Gli occhi del sassone si strinsero in due fessure imperscrutabili. «Non ho ancora deciso.»

«Io invece credo di sì» ribatté il miniaturista. «Vuoi confonderti in mezzo a loro e scappare, non è vero?»

«Cos'è quel tono di rimprovero?» s'innervosì Gotescalco. «Mi sembri l'abate!»

«Non fate i piantagrane!» intervenne Walfrido, mentre li superava con baldanza. «Siamo qui per divertirci, no?» e dopo averli afferrati per i mantelli, li trascinò verso l'ingresso di una locanda.

Ma l'alemanno non fece in tempo a varcare la soglia che balzò improvvisamente all'indietro, facendo cadere entrambi gli amici.

«Sei impazzito?» sbottò Adamantius, ritrovandosi pancia all'aria sulla neve.

«Via!» esclamò Walfrido con gli occhi fuori dalla testa. «Via prima che ci veda!»

«Che ci veda *chi*?» domandò Gotescalco, rialzandosi in piedi di scatto.

«Padre Thioto! Sta uscendo dal locale proprio ora! Sbrigatevi, per la santa messa, o ci riconoscerà!»

Walfrido non aveva fatto in tempo a concludere la frase che si era già avviato coi suoi compagni in una strettoia a fianco della locanda, trovando rifugio dietro una catasta di legna.

L'ultimo a nascondersi fu Adamantius, che si premurò di sbirciare oltre il riparo finché non vide comparire la sagoma di un uomo corpulento, interamente calvo e con le orecchie a sventola simili a quelle di un topo. «Perbacco, è proprio lui...» sussurrò in un crescendo di nervosismo.

«Ma cosa ci fa qui?» domandò l'alemanno.

«Non meravigliatevi» sospirò Gotescalco. «È nota a molti la passione di Thioto per le meretrici. Pur di assicurarsi i suoi servigi, l'abate e il priore sono disposti a chiudere un occhio.»

«Maledizione!» sobbalzò il miniaturista, sempre intento a far da vedetta.

«Cosa succede?» fremette il sassone.

«Si sta dirigendo da questa parte!»

«Ne sei proprio... sicuro?» balbettò Walfrido.

«Dobbiamo andarcene!» ordinò Adamantius. E senza attendere che i due amici gli dessero retta, si avviò a gambe levate verso il fondo della strettoia, rischiando d'andare a sbattere contro un ubriaco che stava orinando su una parete.

Il percorso lo portò alle rive di un canale ghiacciato, una delle tante diramazioni d'acqua che collegavano l'abbazia e il suo sobborgo al fiume Fulda. Il giovane monaco si stava già guardando intorno in cerca di
una via di fuga, quando avvertì la presenza di Gotescalco alle spalle.

«Per di qua!» suggerì il sassone, indicando una barca ferma sulla sponda, ben visibile grazie alla luce di
una lanterna che pendeva da un palo vicino.

Si trattava di quel genere d'imbarcazioni tozze, dallo scafo bombato e prive di vela utilizzate dai pescato-
ri fluviali per trasportare le loro merci fino all'abbazia.
La carena era immorsata nel ghiaccio.

Il miniaturista saltò immediatamente a bordo insieme ai compagni, e dopo essersi nascosto dietro il pa-
rapetto di prua si sporse quel tanto da poter spiare la
figura di padre Thioto che sembrava dirigersi proprio
nella loro direzione.

Forse, meditò, si stava allarmando per nulla. Forse,
anche se li avesse scoperti, Thioto avrebbe mantenuto
il segreto. Del resto pure lui stava trasgredendo le regole dell'abate...

Adamantius non aveva ancora concluso quel ragionamento che un grido di raccapriccio lo costrinse a voltarsi verso poppa. E in un crescendo di sbigottimento,
vide Walfrido scattare in piedi con la bocca spalancata.

Gotescalco fu il primo a intervenire. «Amico mio»
chiese all'alemanno, «cosa succede?»

Walfrido, così terrorizzato da non riuscire a proferir
parola, si limitò a sollevare i palmi. Che alla luce della
lanterna si rivelarono rossi di sangue.

«Ti sei ferito?» intervenne Adamantius.

Per tutta risposta, l'amico puntò lo sguardo verso il basso, su ciò che a prima vista pareva un grosso fagotto abbandonato nell'angolo di poppa.

Un fagotto da cui spuntava un volto ancora più bianco dei fiocchi di neve che, proprio in quel momento, iniziavano a cadere in piccoli turbini dal cielo.

4

Dopo essersi rigirato nel giaciglio in preda ai morsi della vergogna, Lupo decise d'averne abbastanza di fare la parte del codardo. Nonostante si fosse rifiutato di recarsi alla *Villa Fuldensis* per una semplice questione di osservanza alle regole, ora si rendeva conto che era in gioco qualcosa di più importante dell'obbedienza: il rispetto degli amici.

Uscito dal *dormitorium* con la scusa d'aver bisogno della latrina, pensò quindi a come riunirsi a quei tre scapestrati. Per raggiungere il borgo esterno, non erano certo passati attraverso una delle quattro porte collocate lungo le cinta abbaziali. Innanzitutto perché dette porte, di notte, venivano chiuse, e poi perché nelle loro vicinanze stazionavano degli arcieri di guardia.

Ma se Gotescalco e gli altri sapevano agire d'astuzia, Lupo non si riteneva affatto da meno. Benché venisse preso in giro per la sua corpulenza, era molto intelligente e capace di muoversi in modo abbastanza furtivo.

Il primo passo, si disse, sarebbe stato allontanarsi dal *dormitorium* e attraversare il grande chiostro che si estendeva a occidente della basilica. Infine avrebbe proseguito verso sud, fino alla palizzata, servendosi di una lucerna per individuare e seguire le impronte lasciate dai suoi amici.

Il piano però presentava delle difficoltà.

Tanto per cominciare stava iniziando a nevicare, perciò entro breve le impronte sarebbero svanite.

In secondo luogo, c'era la questione della lucerna. Il borgognone ne aveva una bell'e pronta in una tasca della sua guarnacca di vaio, ma gli mancavano sia l'olio che un acciarino per innescare la fiamma. Ragion per cui si vide costretto ad allungare il percorso attraverso un colonnato che correva ai margini del chiostro, verso una cappelletta adiacente alla residenza dell'abate.

Conosceva bene quell'angusto ambiente di preghiera, visitandolo ogni qualvolta gli era possibile per ammirare l'enorme crocefisso gemmato che vi era custodito. Là, si disse, avrebbe trovato candele accese e tutto ciò che gli sarebbe servito per alimentare la fiamma della sua lucerna.

Ma non era ancora giunto a destinazione che udì delle voci risuonare alle sue spalle.

Lupo cercò immediato riparo dietro una colonna e, assicuratosi d'avere il capo nascosto sotto il cappuccio, si sporse con cautela per scoprire chi si stesse aggirando per il chiostro nel cuore della notte.

Nella tenebra, distinse le sagome di due monaci avvolti nelle tonache. Stavano camminando fianco a fianco fra le colonne, senza servirsi di alcun lume. Erano presi a tal punto dai loro discorsi che né la neve, né il freddo parevano infastidirli.

«Inammissibile!» esclamò uno dei due.

Lupo riconobbe la voce dell'abate.

«Che vi piaccia o no, la situazione non può cambiare» replicò l'altro.

Quello doveva essere il priore Eigil, suppose il giovane monaco.

«Hai ragione» continuò Rabano, «non possiamo fare nulla.»

«Sempre che vostra grazia non si premuri a scrivere all'imperatore» suggerì Eigil.

L'abate scosse il capo. «Con le strade bloccate, inviare un messaggero sarebbe un azzardo» gli rammentò. «E poi, quali scuse potrei addurre per convincere Ludovico il Pio a far sgomberare le sue milizie dalla mia abbazia?»

«Forse» riprese il priore dopo un breve silenzio, «si potrebbe convincere quel generale... quello Sturmio... a trasferirsi coi suoi armigeri nei monasteri sulle colline intorno a Fulda. Quello di Santa Maria sul Bischofsberg, per esempio. O San Johannes sul Johannesberg...»

«Non accetteranno mai» sospirò Rabano. «Non capisci? Sturmio è venuto qui per *indagare*! La bufera di neve è soltanto un pretesto.»

«Oh Signore!» fece Eigil, tracciandosi il segno della croce sul petto. «Sospettate che egli sia al corrente di...»

«Zitto!» lo tacitò l'abate, guardandosi intorno.

Lupo rimase immobile dietro la colonna, recitando un muto *Pater noster* per infondersi coraggio. I due prelati erano a un passo da lui e, se si fossero accorti della sua presenza, gli avrebbero senz'altro inflitto un castigo così terribile che le punizioni subite da Gotescalco, al confronto, gli sarebbero sembrate il paradiso in terra.

Fortunatamente Rabano pareva aver rivolto l'attenzione da tutt'altra parte. L'abate stava infatti scrutando la mole nerastra della basilica e la volta ancor più cupa del cielo, quasi temesse di veder scendere dai nembi un angelo vendicatore. «Sarà meglio ritirarci» concluse.

«Ma vostra grazia...» obiettò il priore, «non abbiamo ancora trovato una soluzione...»

«Non la troveremo certo sprecando queste poche ore di sonno» ribatté Rabano, mentre continuava a camminare. «Ne riparleremo dopo il mattutino, con calma. Nel frattempo, ti affido già il compito di tenere impegnato il *magister* Sturmio per tutta la giornata di domani. Non permettergli di curiosare dove non dovrebbe. Con tatto, naturalmente. E soprattutto, non consentirgli di...»

A quel punto Lupo non poté più udire nulla.

I due si erano allontanati troppo perché egli potesse cogliere altre parole.

Perciò non gli restò che rimanere nascosto, meditando su ciò che aveva origliato, finché non fu certo d'essere solo. Quindi si avviò verso il *dormitorium*.

Per quella notte, si disse, aveva già rischiato abbastanza.

5

Adamantius era rimasto talmente sconvolto dal rinvenimento del cadavere da non curarsi più di quel che avveniva intorno a lui. Le grida di Walfrido non avevano soltanto fatto scappare padre Thioto, ma anche attirato una quantità di rustici e di armigeri, che a poco a poco si stavano radunando lungo le sponde del canale.

La neve, nel frattempo, aveva iniziato a fioccare con maggior intensità, depositandosi sul corpo dell'uomo senza vita accasciato a poppa. Il suo viso, ornato dalle ciocche di capelli castani risparmiate dalla tonsura, era piegato di lato, quasi a voler enfatizzare il terribile squarcio che lacerava la tonaca e la carne dalla gola fino al ventre.

Era la prima volta che il miniaturista vedeva del sangue umano. Non che lo vedesse realmente, a onor del vero. Era notte fonda e il barlume della lanterna rivelava a malapena la chiazza lucida e rossastra che lordava l'assito della barca. La visione era sufficiente, tuttavia, a inondare la sua immaginazione di distese scarlatte da cui affioravano volti cerulei dalle orbite cave.

«È padre Ratgar» disse Gotescalco.

Quelle poche parole riuscirono a far breccia nello stato allucinatorio di Adamantius, inducendolo a riflettere in fretta, con ritrovata lucidità, sulle circostanze in cui era coinvolto. «Dovete andarvene» esclamò in direzione degli amici.

«Cosa vai farneticando?» sbottò il sassone.

Il miniaturista gli batté una mano sul petto, rischiando per poco di farlo cadere giù dalla barca. «Vattene finché nessuno t'ha riconosciuto» sentenziò. «Se all'abbazia si venisse a sapere che ti trovavi qui in questo momento, incorreresti in una punizione assai più grave di quella che ti è già stata inflitta.»

«Chi sei tu per darmi degli ordini?» s'inorgoglì Gotescalco.

Ma Adamantius non si lasciò intimidire. «Tu vai con lui» disse a Walfrido. «Accompagnalo e assicurati che faccia ritorno con te al *dormitorium*. Non indugiate da nessuna parte, non fermatevi a parlare con nessuno. Filate via e basta.»

L'alemanno, che non s'era ancora ripreso del tutto dallo spavento, lo scrutò con disappunto. «E... e tu?»

«Uno di noi deve restare» rispose il miniaturista. «Mi accollo io l'onere.»

«Non se ne parla» tornò alla carica Gotescalco. «O tutti o nessuno. Scapperai con noi.»

Adamantius scosse il capo. «Non sarebbe giusto nei confronti di padre Ratgar. È un membro della nostra comunità, un confratello. E io... io veglierò su di lui fino a quando i monaci o i famigli verranno a prelevarlo.»

«Amico mio, *è morto!*» insistette il sassone. «Non gli arrecheresti alcun torto se scegliessi di lasciarlo qui.»

«Andate, vi dico» insistette il miniaturista. «Andate prima che giungano gli arcieri dell'abbazia. Qualcuno si sarà senz'altro già premurato di allertarli.»

Così dicendo, indicò la massa di villici e di armigeri intenti a osservarli lungo le sponde del canale. Nessuno di loro osava avvicinarsi alla barca, né rivolgere la parola ai tre amici, ma la tensione e la curiosità che trapelavano da quei volti rudi erano a dir poco palpabili.

«Nel caso ce ne dovessimo andare tutti insieme» continuò a spiegare Adamantius, «questa gente penserebbe che siamo stati noi a uccidere padre Ratgar, e ci ostacolerebbe, se non peggio. Ma se uno di noi resterà a far da garante, sono sicuro che gli altri saranno liberi di allontanarsi.»

«Sei davvero sicuro di volerti caricare di questo fardello?» gli domandò Gotescalco, posandogli una mano sulla spalla. Messo da parte l'orgoglio, ora appariva sinceramente preoccupato per il confratello.

«Tu ti trovi in una situazione fin troppo delicata per poterti esporre» rispose Adamantius. «E in quanto al nostro Walfrido, è troppo spaventato per gestire la situazione.» Poi gli rivolse un sorriso rassicurante. «È deciso, rimango io.»

Ai due amici non restò che rivolgergli un riluttante cenno di commiato. Dopodiché scesero a riva, facendosi largo tra le persone intente a osservare, e si allontanarono con passi dapprima esitanti, poi sempre più decisi.

Il miniaturista rimase a osservarli dalla barca, sotto la neve che cadeva, accanto al confratello morto. Sforzandosi di dissimulare l'indecisione e la paura. E pregando il Signore di perdonarlo per l'insana curiosità che stava provando per il macabro enigma in cui si era appena imbattuto.

6

Non era ancora sorta l'alba quando Adamantius si ritrovò in sacrestia, al cospetto di padre Eigil. Il miniaturista si sforzò di dissimulare la sorpresa. Quando era stato riportato all'abbazia insieme alla salma di Ratgar, aveva creduto di dover conferire con l'abate. Invece il venerabile Rabano non si era presentato, lasciando l'incombenza al priore. Un atteggiamento forse comprensibile in circostanze normali, dato che, in qualità di diretto sottoposto dell'abate, il priore era responsabile della disciplina della *familia* monastica. Trattandosi però del rinvenimento di un cadavere, Adamantius avrebbe preferito parlarne davanti alla carica più alta dell'abbazia. Senza contare – da qui il motivo principale della sua delusione – che Rabano gli era sempre stato amico e si sarebbe senz'altro comportato in maniera più comprensiva nei suoi confronti.

Eigil, che lo scrutava dall'alto di un seggio al diafano lucore delle candele, parve intuire la sua frustrazione. «Ebbene, sciogli la lingua» gli ordinò. «Non verrà nessun altro ad ascoltare.»

«C'è assai poco da dire, reverendo padre» esordì

Adamantius. Stava in ginocchio sul pavimento di pietra, avvolto in abiti fradici a causa della neve che si era sciolta sul mantello di lana. Il freddo gli penetrava fin dentro alle ossa. «Dopo aver raggiunto il canale dietro la taverna, sono salito sulla barca e ho reperito il corpo privo di vita di padre Ratgar.»

«Perché l'avresti fatto?» soggiunse il priore, inarcando un sopracciglio.

Adamantius lo fissò spaesato. «A cosa vi riferite?»

«Al fatto che tu abbia raggiunto la *Villa Fuldensis* nel cuore della notte.»

«Non c'è una ragione precisa» farfugliò, prendendo a fissare il pavimento.

«Avresti dovuto trovarti nel *dormitorium*» sottolineò Eigil con una nota di rimprovero.

«So bene d'aver trasgredito le regole...»

Il priore lo tacitò con un gesto reciso, a intendere che era ben altro che gli importava sapere. «Eri da solo?»

«Sì, reverendo padre.»

«Sei sicuro?»

Adamantius annuì. «Ero da solo» ribadì, chiedendo scusa a Dio per aver mentito. «Ho varcato le cinta attraverso la posterla delle acque di scolo senza chiedere aiuto a nessuno e, sempre da solo, ho raggiunto la *Villa Fuldensis*.»

«Per quale ragione?»

«Ero curioso di vedere gli armigeri, vostra grazia.»

«Gli armigeri? Tutto qui?»

«E la taverna» aggiunse il monaco, per dar maggior credito alla sua versione.

«Nient'altro?»

«No, reverendo padre.»

«Gli armigeri e la taverna...» rimuginò Eigil, mentre si accarezzava il mento ornato da una barba bianca e lanuginosa. «E alla barca come ci saresti arrivato?»

«Ho raggiunto il canale per orinare» spiegò Adamantius, che durante il tragitto dal sobborgo all'abbazia aveva avuto il tempo di elaborare un resoconto verosimile, ma che non alterasse i fatti più importanti. «E una volta lì» continuò, «ho notato un corpo accasciato dentro una barca... *Quella* barca. Preso da curiosità, mi sono avvicinato per controllare e, resomi conto che si trattava di un cadavere, ho gridato per lo spavento.»

«Quindi» puntualizzò il priore, «sosterresti di ignorare come padre Ratgar sia stato ucciso e pure come sia finito su quella barca.»

«Sì, vostra grazia, lo giuro» confermò il miniaturista, mentre rialzava lo sguardo. «Non so descrivervi lo stupore che mi ha colto nel trovarmi di fronte al cadavere di un confratello.»

«E dimmi» fece Eigil, «oltre al cadavere hai visto dell'altro?»

«No.»

«Nulla di sospetto? Un uomo? Una fiera?»

Perché proprio una fiera?, si domandò Adamantius, assai stranito. «Era buio» rispose, «non ho visto nulla.»

A quel punto, il priore si levò dal seggio e prese a camminargli intorno. «O è così» disse con un tono carico di sospetto, «o mi stai nascondendo di proposito delle informazioni.»

«Non vi ho nascosto nulla!» si affrettò a ribattere il miniaturista.

«Davvero?» s'infiammò Eigil. «Nemmeno i nomi dei tuoi compagni?»

«Vi ho detto che...»

Il priore scosse il capo. «Gli arcieri dell'abbazia hanno interrogato alcuni testimoni oculari sopraggiunti davanti al canale in seguito al grido. E a loro giudizio sarebbero stati presenti non uno, bensì tre monaci, due dei quali allontanatisi in fretta dal luogo del rinvenimento del cadavere. Per non farsi scoprire, suppongo.»

Il monaco abbassò di nuovo lo sguardo. «Reverendo padre, io...»

«La tua situazione è assai grave, padre Adamantius» sentenziò Eigil, torreggiando su lui con aria rapace.

«Ne sono consapevole.»

«Ne dubito fortemente. Non sei incolpato di una semplice trasgressione, capisci?»

A quelle parole, Adamantius sentì un guanto di ferro stringergli le viscere dello stomaco. Scattò in piedi con gli occhi sbarrati, incurante del fatto d'aver assunto un atteggiamento aggressivo. «Non reputerete davvero che io abbia...»

«Padre Ratgar era il guardiano della porta meridionale» precisò Eigil, mentre gli mostrava un palmo per tenerlo a distanza. «Il suo ufficio consisteva nel controllare il transito di chiunque varcasse le cinta abbaziali in quel punto... Lo stesso punto» rimarcò «da cui c'è caso che tu, insieme ai confratelli di cui t'incaponisci di tacere i nomi, sia passato.»

«Avete frainteso!» insistette il miniaturista. «Vi ho detto d'essere passato dalla posterla delle acque di scolo.»

«Che, di fatto, si trova sul versante meridionale

della palizzata» gli fece notare il priore. «E dunque non è affatto improbabile che padre Ratgar vi abbia scorti e...»

«E cosa?» avvampò Adamantius. «Mi ritenete in grado di uccidere un confratello per nascondere una bravata?»

«Non volontariamente, magari. E magari nemmeno sei stato tu, padre Adamantius, bensì uno dei due monaci che intendi proteggere.»

Il miniaturista era fuori di sé. «Non ha alcun senso!» dichiarò in sua difesa. «E poi, a vostro giudizio, cosa avremmo fatto? Avremmo trascinato il corpo di Ratgar fino alle rive del canale ghiacciato, col rischio di farci scoprire dagli abitanti della *Villa Fuldensis*?»

«Ah!» sogghignò Eigil. «Quindi ora parli al plurale! Quindi ammetti che c'erano altri insieme a te!»

«Un confratello è stato ucciso» tentò di divagare Adamantius, «e voi v'intignate su simili particolari?»

«Particolari?» lo sovrastò il priore con voce sferzante. «Tu e i tuoi *complici* vi siete forse macchiati del più terribile dei peccati, un omicidio!, e avresti l'impudenza di definirli particolari? Confessa quei nomi, te lo ordino! Confessa, monaco, o giuro sulle reliquie di san Bonifacio che te ne pentirai amaramente!»

Adamantius sostenne il suo sguardo senza proferire verbo. Non per orgoglio, né tantomeno per il desiderio di sfidarlo. A motivare il suo comportamento era la semplice certezza che, se avesse parlato, Walfrido e Gotescalco sarebbero stati sottoposti, proprio come lui, a un giudizio iniquo.

Rimase quindi ritto, con le mani giunte in grembo e il mento ostinatamente alzato finché Eigil, esasperato da quell'atteggiamento, non emise un grido e lo colpì con uno schiaffo.

«Alle cripte del cimitero!» sentenziò il priore, mentre un rumore di passi rimbombava all'improvviso all'interno della sacrestia.

Il miniaturista si sentì quindi afferrare per le braccia e trascinare via.

«Alle cripte!» continuava a esclamare Eigil, trasfigurato dalla rabbia.

7

Durante la pausa di preghiera tra il mattutino e le lodi, momento in cui Gotescalco, da circa due mesi, era solito dedicarsi al controllo delle trappole per topi collocate in dispensa e in cucina, il sassone ricevette una strana richiesta. Il padre erborista gli mandava a chiedere tramite un famiglio di portare un orcio di vino al suo laboratorio.

Il monaco obbedì senza farsi domande. Dopo la disavventura alla *Villa Fuldensis*, non faceva altro che chiedersi dove fosse finito Adamantius. Non aveva sue notizie dalla notte precedente e quel pensiero lo tormentava, infondendogli ansia e rimorso. Ma nel contempo era lieto di non essere stato scoperto.

Quando aveva affermato di voler essere cacciato dall'abbazia, si era trattato di una semplice smargiassata destinata a impressionare gli amici. Come, del resto, lo erano molte delle cose che Gotescalco diceva e faceva. Gli servivano per mascherare l'insicurezza che l'affliggeva da quando era bambino. Un'insicurezza riguardante ciò che desiderava per davvero e, addirittura, l'esistenza che avrebbe condotto se non fosse stato obbligato a seguire la via del claustro.

Una via che, in fin dei conti, lo teneva al sicuro dalle scelte sbagliate e dalle insidie di un mondo che non era certo di amare, conoscendolo a malapena.

Non fu quindi con eccessiva malavoglia che il sassone scese nelle cantine e, ottenuto il placet dal cellario, riempì un orcio con del vino bianco, lo mise sotto braccio e s'incamminò verso l'erboristeria.

Per raggiungerla dovette uscire dal caseggiato che si ergeva a sud-ovest della basilica abbaziale, dove trovavano sede il *dormitorium*, le cucine e il refettorio, dopodiché attraversò il grande chiostro in direzione del loggiato che lo delimitava a tramontana.

Il cielo era di un grigio pallido, solcato dallo sfarfallio della neve che durante la notte aveva formato un soffice strato opalescente nel quale si sprofondava fin quasi alle ginocchia. Pur avendo i piedi fasciati da semplici calzari di lana, Gotescalco avanzò indifferente al freddo finché, giunto sotto il loggiato, imboccò un uscio così basso che, per varcarlo, dovette chinare il capo.

Un segno di umiltà imposto a chiunque entrasse nel laboratorio di uno dei monaci più sapienti di Fulda, pensò tra sé, mentre veniva improvvisamente avvolto dal tepore di un braciere posizionato ai margini di un cubicolo lungo cinque passi e largo sette.

La luce delle candele lasciava trapelare ben poco. Il centro dell'ambiente era occupato da un tavolo di legno su cui giaceva un corpo supino, completamente nudo eccetto per il volto, che era stato coperto con un panno.

Era quel che restava di Ratgar, intuì il sassone, per poi rivolgere l'attenzione ai due religiosi presenti nella stanza. Il primo, intento a esaminare il cadavere con una bacchetta d'osso, era Udalrico, il padre erborista. L'altro, in disparte nell'ombra con le braccia conserte, era invece l'abate.

«Vostra grazia» lo salutò Gotescalco, colto di sorpresa.

Rabano si limitò ad abbozzare un cenno del capo, per poi tornare a seguire l'operato dell'erborista.

«Un triplice squarcio, all'apparenza non molto profondo» mormorò quest'ultimo, mentre ispezionava al barlume di una lucerna il cadavere. «Per saperne di più, lo si dovrà mondare.»

A quel punto, Udalrico rivolse lo sguardo al nuovo arrivato. «Hai portato il vino?»

Per tutta risposta, Gotescalco posò l'orcio su una mensola.

«Versane l'equivalente di due coppe nell'acqua» continuò l'erborista, indicando una brocca riposta ai piedi del tavolo.

Il sassone recuperò un mestolo di legno appeso alla parete e se ne servì per eseguire il compito, quindi arretrò d'un passo, curioso di assistere a cosa sarebbe successo.

Udalrico, nel frattempo, aveva estratto una pezza di lino da un cassetto. Dopo averla sbattuta un paio di volte per liberarla dalla polvere, la immerse nella brocca, la strizzò e si avvicinò al corpo.

«Aspetta, padre Udalrico» sentenziò l'abate.

L'erborista lo fissò in tralice. «Qualcosa non va, vostra grazia?»

Le iridi insondabili di Rabano si erano posate sul giovane monaco. «Lascia che sia lui a farlo» disse.

«Ma...» esitò Udalrico, «non ha esperienza.»

«Dubito che serva molta esperienza» soggiunse l'abate «per lavare un cadavere.»

Gotescalco fu sul punto di protestare, ma frenò la lingua. Rabano lo stava mettendo alla prova. Forse sospettava che avesse partecipato con Adamantius alla sortita notturna presso la *Villa Fuldensis* e intendeva studiare le sue reazioni per accertarsene. O, più semplicemente, desiderava saggiare la sua obbedienza.

A ogni modo, il sassone prese la pezza dalle mani dell'erborista e, ben intenzionato a non mostrarsi titubante o a disagio davanti all'abate, vinse la ripugnanza per la carne morta, iniziando a pulire il sangue rappreso sul collo e sul petto.

Si rese subito conto che il vino, mescolato all'acqua, agevolava di molto l'operazione, oltre a coprire gli odori di putrefazione che già iniziavano a levarsi dalle membra straziate di Ratgar. Il contatto con la salma di un confratello gli fomentò tuttavia un senso di profanazione che andò accentuandosi quando la pezza mise bene in evidenza le slabbrature della ferita.

«Pulisci ancora lì» lo guidò Udalrico, «all'altezza della clavicola.»

Dopodiché l'erborista lo invitò a mettersi da parte. «Uno squarcio triplice, esteso dalla base del collo fin quasi al ventre» disse, confermando ciò che Gotescalco aveva appena potuto constatare coi suoi stessi occhi.

Udalrico indicò a una a una, con la sua bacchetta, le tre striature rosse e parallele che deturpavano il petto della vittima. «Sembrano essere state inflitte con un unico colpo» continuò, sollevando i lembi della pelle lacera sotto il pomo d'Adamo e poi all'altezza del costato.

«Non molto profonde, e comunque non sufficientemente da aver intaccato le ossa. I tessuti molli della gola, però, sono stati recisi di netto. Con precisione letale.»

«È stata dovuta a questo la morte?»

L'erborista annuì. «Se gli artigli non avessero colpito la gola, ma soltanto la regione del petto, padre Ratgar sarebbe probabilmente sopravvissuto.»

«Artigli?» non poté trattenersi dal ripetere Gotescalco.

«Ne sono quasi sicuro, sì» confermò Udalrico. «Gli artigli di una grossa fiera, anche se...»

«Suvvia» lo spronò l'abate con un moto d'impazienza. «Condividete il vostro pensiero.»

Anziché spiegare a voce, l'erborista appoggiò la bacchetta ai bordi del tavolo e sovrappose una mano al triplice squarcio per confrontarne l'ampiezza. Lo squarcio risultò più largo di mezza spanna.

«Il graffio di un orso?» propose Rabano.

Udalrico scosse il capo. «Un orso, di solito, lascia quattro, se non cinque solchi. Senza contare che le lacerazioni sarebbero state più profonde.»

L'abate fece cenno di non capire. «Dunque in quale genere di bestia si sarebbe imbattuto padre Ratgar?»

«Lo ignoro» rispose l'erborista, lasciando trapelare una punta d'inquietudine che contagiò Gotescalco.

L'abate si avvicinò alla salma, quasi intendesse interrogarla, e dopo averla fissata a lungo si tracciò una croce sul petto, sussurrando: «*Requiem aeternam dona ei, Domine*».

Poi si rivolse ai due presenti. «A chiunque dovesse chiedere» disse in un crescendo d'autorità che sapeva di minaccia, «è stato un orso.»

Gotescalco e Udalrico lo guardarono uscire dal laboratorio come se si fosse trattato dell'Angelo della Morte che aveva appena recato visita a un defunto, quindi si scambiarono un'occhiata perplessa.

«Continua a pulire» disse d'un tratto l'erborista.

«A che pro?» si meravigliò il giovane monaco. «La ferita sul petto è ben visibile.»

Udalrico prese una coppa di terracotta da uno scaffale, l'immerse nell'orcio del vino e bevve una lunga sorsata. «La mano destra» disse, facendo schioccare la lingua.

Il sassone si accorse allora che il cadavere era sporco di sangue anche in quel punto, soprattutto alle estremità delle dita. Domandandosi perché l'erborista avesse aspettato che l'abate se ne fosse andato per svolgere quell'ulteriore controllo, recuperò la pezza umida e obbedì.

Ciò che vide lo sbigottì.

Sotto le unghie dell'indice, del medio e dell'anulare si scorgeva un sottile solco scuro. «È come se...» mormorò, sforzandosi di dare un senso a ciò che aveva davanti agli occhi. «Come se vi avessero infilato un...»

«Uno spillo» annuì Udalrico, col tono dolente di chi è consapevole d'aver appena riconosciuto i segni del Maligno.

Poco dopo, Gotescalco stava uscendo pallido e sconvolto dal laboratorio dell'erborista. Aveva bisogno di mettere ordine nei pensieri, magari immergendosi nella quiete contemplativa verso la quale era solito mostrare tanta insofferenza.

Ma non era ancora giunto al centro del chiostro che

vide una figura intabarrata di pelliccia venirgli incontro dal caseggiato del *dormitorium*.

Il sassone s'irrigidì all'istante. «Cosa vuoi da me, traditore?» proferì con tono sostenuto non appena ebbe il confratello a portata della sua voce.

«Non adirarti» lo scongiurò Lupo, avvicinandosi con fare circospetto.

«Se sei venuto a impicciarti degli affari altrui...» lo mise in guardia Gotescalco.

«No, no...» fece il borgognone con un filo di voce.

Fu allora che il sassone notò la sua espressione preoccupata. «Sai dove si trova Adamantius?» gli chiese d'impulso, afferrandolo per una spalla.

«Sì» rispose l'amico. «Ma non è per questo motivo che sono venuto a cercarti...»

8

Rannicchiato in un angolo di una cella, al buio e tremante per il freddo, Adamantius non chiudeva occhio dalla notte precedente. Dopo l'incontro col priore era stato condotto dal padre guardiano a nord della corte abbaziale, sulla collina in cui trovavano sede il cimitero e la chiesa di San Michael. A differenza della basilica, quell'edificio era a pianta circolare, come il Santo Sepolcro di Gerusalemme, ed era dotato di un'estesa cripta che ospitava l'ossario e le prigioni.

Fino ad allora il miniaturista aveva sentito soltanto parlare di quei luoghi. La sua conoscenza di San Michael si limitava all'ambiente della superficie, fra i cui bianchi colonnati si usava celebrare la messa dei defunti.

Quel pensiero risvegliò in lui il ricordo di padre Ratgar. Ben presto anche la sua salma sarebbe stata portata là sotto, su un catafalco, in attesa delle esequie. Sempre che non si trovasse già là, magari proprio dietro la parete contro la quale Adamantius teneva appoggiata la schiena. E d'un tratto gli parve quasi di vederla, la salma. Chiusa in un sacco, col petto deturpato dallo squarcio e la bocca cucita affinché non ne fuoriuscissero i miasmi della decomposizione. Ma con gli occhi ancora aperti, persi in un vacuo oblio, proprio come li teneva quando giaceva sulla barca.

Non c'era nulla da temere, si disse il giovane monaco. Aveva prestato attenzione ai rintocchi delle campane ed era consapevole che fosse giorno fatto. L'ora terza,[1] per la precisione. Non certo il momento in cui gli spiriti dei morti erano soliti far visita ai viventi...

Eppure in quei sotterranei regnava un'oscurità ancor più impenetrabile di quella della notte. Un'oscurità eterna, gli venne da pensare. Un'oscurità che non era mai stata nemmeno sfiorata dal *Fiat lux* pronunciato da Dio il primo giorno della creazione.

Quasi a conferma delle sue suggestioni, sentì all'improvviso una voce chiamarlo per nome.

Il miniaturista ebbe l'impulso di scattare in piedi, ma le gambe intorpidite dal freddo glielo impedirono. Non poté far altro che strisciare verso il punto più lontano dalla porta della cella.

Gli era parso, infatti, che la voce provenisse da lì.

«Adamantius...» ripeté la presenza dall'altro lato del battente.

Cogliendovi all'improvviso qualcosa di familiare, il prigioniero fece per rispondere. Però aveva la gola riarsa, e tutto ciò che riuscì a emettere fu un verso strozzato.

«Adamantius...» insistette la voce, assumendo via via un tono sempre meno sepolcrale. «Per tutti gli angeli del paradiso, sei qui dentro?»

---

[1] Circa le nove di mattina.

9

Walfrido raggiunse lo studio del priore con la circospezione d'un armigero che si aspetta un agguato. Di solito quel genere di convocazioni si verificavano nel primo pomeriggio, quando le attività principali dell'abbazia erano state svolte. Se padre Eigil l'aveva sottratto con tanta urgenza al lavoro dello *scriptorium*, rifletteva con timore l'alemanno, significava che sospettava qualcosa della notte precedente.

Fermatosi sulla soglia, indugiò davanti al portone di legno cercando di fugare dal volto ogni traccia di apprensione. Ma in quel mentre vide il battente aprirsi all'improvviso verso di lui.

Il giovane monaco fece appena in tempo ad arretrare che si trovò di fronte alla figura imponente del generale franco comparso il giorno prima nella basilica al fianco dell'abate. Sempre avvolto nella pelliccia bruna e con un grugno che gli conferiva un'aria bestiale, il *magister* Sturmio non si degnò neppure di fargli segno di scostarsi, avanzando a lunghi passi verso l'ambulacro diretto al chiostro.

«Aspettate!» lo richiamò una voce dall'interno dello studio. Apparteneva a Eigil e trasudava un palese imbarazzo.

Sturmio tuttavia continuò ad allontanarsi senza accennare d'averlo udito.

E Walfrido, che non aveva idea di cosa fosse successo, continuò a fissare la schiena dell'enorme uomo finché non avvertì una presenza dietro di sé. Si voltò quindi di scatto, ritrovandosi di fronte al priore.

«Tu cosa ci fai qui?» lo fulminò Eigil con un sibilo carico d'irritazione.

L'alemanno deglutì. L'anziano monaco stava ritto sulla soglia, con gli occhi infossati e le dita scheletriche aggrappate agli stipiti. «Io...» balbettò. «Be', ecco. Mi avete convocato voi.»

Il priore parve sul punto di proferire un improperio, poi scrutò la sagoma di Sturmio, ormai lontana, ed emise un sospiro rassegnato. «È vero» mormorò, scostandosi di lato per lasciarlo entrare.

«Se il momento è inopportuno...» si fece riguardo Walfrido.

Eigil scosse il capo, tornando a sedersi in fretta accanto a uno scrittoio ingombro di rotoli di pergamena e di registri. «Chiudi la porta» ordinò.

L'alemanno obbedì, rendendosi improvvisamente conto di non essersi mai trovato da solo con il priore in quella stanza. Una stanza alquanto angusta, per giunta, a causa dei molti *armaria* disposti lungo le pareti. Lo spazio a disposizione era così poco che avrebbe potuto contenere al massimo quattro persone.

«Ebbene» continuò Eigil, dopo aver ritrovato la sua

proverbiale impassibilità, «hai saputo della sciagura che si è abbattuta questa notte sulla nostra abbazia?»

«Come non avrei potuto?» rispose, intuendo che si riferisse al rinvenimento del cadavere di Ratgar. «Tutti ne parlano.»

«Tutti ne parlano, è vero» l'assecondò il priore. «Ma qualcuno sta nascondendo la verità.»

«A cosa alludete?» sobbalzò Walfrido.

«Le persone non muoiono quasi mai per pura casualità» spiegò Eigil. «Specie nei pressi di una sede monastica.»

«Gira voce che si sia trattato dell'attacco di un orso» tergiversò l'alemanno.

«Un orso...» snocciolò il priore, scrutandolo di sottecchi. «Hai mai sentito parlare di orsi, da quando ti trovi a Fulda?»

«Mai» dovette ammettere Walfrido.

«Questo perché non ce ne sono. Pare che quelle bestie siano spaventate dai fuochi e dai rumori della *Villa*. Si rintanano nel profondo delle selve, e se di tanto in tanto capita che uno di essi aggredisca degli esseri umani, le loro vittime designate sono raminghi e cacciatori.»

L'alemanno sollevò le mani con fare evasivo. «Reverendo padre, si tratta di questioni di cui io non so assolutamente...»

«Hai incontrato Ratgar, la notte scorsa?» lo colse di sorpresa il priore.

«No» ebbe la prontezza di rispondere Walfrido.

«E ti sei recato nei pressi della porta meridionale?»

«No...» ripeté con minor convinzione.

Eigil teneva le sue iridi verdi puntate su di lui. «Sei

sincero, padre Walfrido?» l'inquisì con tono d'ammonimento. «L'abate e il bibliotecario sono assai orgogliosi di te, e non vorrei che una banale menzogna deturpasse la lodevole condotta per la quale finora ti sei distinto. O devo forse supporre che durante il noviziato di Reichenau non ti abbiano inculcato i valori dell'obbedienza e della sincerità?»

C'era una punta di scherno in quelle parole. E fu quella, più ancora del rischio d'essere scoperto, che risvegliò nell'alemanno una fiammata di coraggio. «Non ho varcato la porta meridionale» rimarcò.

«Io però ti ho chiesto un'altra cosa» sottolineò il priore. «Ti ho chiesto se ti sia recato *nei pressi* della porta.»

Ora Walfrido ne era certo: Eigil sapeva della posterla delle acque di scolo. Probabilmente doveva avergliene parlato Adamantius. Ciò che ignorava, tuttavia, era cos'altro avesse confessato il miniaturista. «Perché mi rivolgete queste domande?» tentò di glissare.

«Perché sei amico del monaco Adamantius» rivelò il priore, quasi gli avesse letto nella mente. «E sei pure amico di quel piantagrane di Gotescalco, che in più di un'occasione si è distinto per aver infranto le regole dell'abbazia... Perciò dimmi» e si levò in piedi in uno slancio d'alterigia, «eravate voi due i monaci che in molti sostengono di aver visto questa notte in compagnia di Adamantius?»

«In compagnia... dove?» finse di cadere dalle nuvole Walfrido. «Nel *dormitorium*?»

«Nella *Villa Fuldensis*!» gli gridò in faccia Eigil. «Presso il canale ghiacciato, sulla barca in cui è stato trovato il corpo senza vita di padre Ratgar!»

«Non so di cosa parliate» insistette l'alemanno.

Eigil non lo stava più sottoponendo a un interrogatorio basato sul ragionamento, bensì alla pura autorità che rappresentava. Un'autorità che andava ben oltre la carica di priore, essendo egli uno dei dodici monaci di sangue nobile di Fulda.

E proprio quella consapevolezza d'essere al di sopra di quasi tutti i benedettini di Fulda parve balenare alla guisa d'una lama nelle pupille di Eigil. «In tal caso» ghignò, «dovrei forse chiedere chiarimenti a Lupo di Ferrièrs.»

«Lupo?» si tradì Walfrido. «Lupo non si è nemmeno azzardato a...» e si morse la lingua.

«A fare cosa?» lo sferzò il priore.

«Nulla! Era così per dire...» svicolò di nuovo l'alemanno, mentre andava in cerca di uno stratagemma verbale per ribaltare in fretta la situazione. E d'un tratto credette d'averlo trovato. «Ma se invece di rivolgermi un quesito dopo l'altro, vi degnaste di spiegarmi cosa andate cercando» dichiarò nella speranza di poterla spuntare, «magari potrei essere di maggior aiuto alla vostra causa.»

Prima di rispondere, l'anziano monaco lo soppesò con lo sguardo. «È presto detto» esclamò infine. «Vado cercando un testimone che abbia assistito alla morte di padre Ratgar.» E dopo un attimo di silenzio, soggiunse: «O ancor meglio, l'omicida».

In quello stesso momento, il venerabile Rabano di Magonza era fermo alla finestra più alta della sua residenza privata, intento a spiare ciò che accadeva nella corte. Il *magister* Sturmio era appena uscito dal claustro e stava marciando a lunghi passi verso la foresteria, dove, sotto un pergolato di tegole orlato da lingue di ghiaccio, l'attendevano quattro uomini dell'esercito imperiale.

L'armigero era di spalle, perciò l'abate non poté scorgere la sua espressione. Gli bastò tuttavia osservare i passi rabbiosi con cui avanzava sulla neve per indovinare lo stato d'animo del generale.

Eigil doveva aver fallito, pensò.

Ora non restava che pregare il Signore.

10

«Gotescalco, sei proprio tu?» volle accertarsi Adamantius, avvicinandosi alla porta sprangata.

«Chi credevi che fosse?» celiò il sassone, dall'altro lato del battente. «Uno spettro?»

Quelle parole furono accompagnate dal cigolio dello sportello di legno che fungeva da spioncino. Per guardarci attraverso, il miniaturista dovette piegarsi sulle ginocchia, giacché l'apertura si trovava a circa sette spanne da terra.

«Cosa ci fai qui?» disse, trovandosi faccia a faccia con l'amico.

«So cosa significa essere rinchiusi qui dentro» rispose Gotescalco. «L'isolamento e il buio possono essere peggiori delle scudisciate. E dopo quel che hai fatto per me e per Walfrido, mi sarei sentito un ingrato se non fossi riuscito per lo meno a recarti visita.»

«Sei stato molto caro. Ma se qualcuno si accorgesse che sei venuto a trovarmi...»

Il sassone rise. «Il cuciniere mi ha mandato dal cellario per procurargli della carne salata di maiale. Ma al momento il cellario non è a guardia della dispensa, perciò, in teoria, io sarei alla sua ricerca.»

«Carne salata?» mormorò Adamantius, stranito.

«È per il generale franco e i suoi uomini» spiegò Gotescalco. «A quanto pare non gradiscono pesce, pane e verdura. L'abate ha dato ordine di soddisfare ogni loro capriccio.»

«Tanta condiscendenza non è da lui.»

«Oh, fidati, non è nulla a confronto dello strano comportamento che ha tenuto in erboristeria, davanti al cadavere di Ratgar...»

«Davanti al cadavere?» si meravigliò il miniaturista. «Racconta!»

«Prima prendi questo» fece il sassone, infilando un piccolo fagotto attraverso lo spioncino. «Nel caso io debba scappare all'improvviso.»

Adamantius aprì l'involto, trovandosi tra le mani due fette di carne essiccata.

«So che il priore ti ha imposto il digiuno» spiegò Gotescalco con una nota di premura, dopodiché gli passò pure una borraccia.

Adamantius lo ringraziò con un cenno. «Adesso parlami dell'abate.»

«Ha assistito all'esame del cadavere, eseguito dall'erborista. Ero presente anch'io, a causa di un servizio che mi era stato richiesto.»

«Dunque cosa sarebbe successo?»

«A parere di padre Udalrico, Ratgar sarebbe stato ucciso da un colpo d'artigli inferto da una bestia di grossa taglia. Una bestia che però non è riuscito a identificare.»

«E il venerabile Rabano?»

«Ci ha ordinato di mantenere il silenzio assoluto sulla faccenda. La sua versione ufficiale è che si sia trattato di un orso.»

«Che strano...» rimuginò Adamantius. «Perché tanto mistero?»

«Non è tutto» lo interruppe l'amico. «Non appena Rabano se n'è andato, l'erborista ha ripreso a studiare il cadavere e ha rinvenuto delle ferite di spillo sotto tre dita della mano destra. È soltanto allora che si è sentito libero di esprimere apertamente la sua opinione.»

«Solo a te?»

Gotescalco si strinse nelle spalle. «Credo che si sia fatto riguardo di parlarne in presenza di Rabano, ma che allo stesso tempo sentisse il bisogno di confidarsi con qualcuno.»

Adamantius conosceva bene la sapienza di Udalrico. E come tutti, nel cenobio di Fulda, era pure al corrente della sua superbia e della sua incapacità di stare zitto. «Deve essergli costato non poco» commentò «evitare di far sfoggio della propria erudizione di fronte all'abate.»

«Io invece credo avesse paura» replicò il sassone.

«Paura di cosa?»

«Di *chi*, per meglio dire. In primis dell'abate. Ho avuto il sentore che l'erborista non si fidi di lui.»

«Che assurdità! Perché non dovrebbe?»

«Se si volesse prestar fede a Lupo» soggiunse Gotescalco, «la mia intuizione non sarebbe tanto infondata.»

«Mi stai dicendo che anche Lupo era presente all'esame del cadavere?»

L'amico scosse il capo. «Lui l'ho incontrato subito dopo essere uscito dalla bottega dell'erborista, al sorgere dell'aurora. Era sconvolto, molto preoccupato... Non che io fossi d'umore più sereno. In sostanza, il grassone mi ha rivelato d'aver visto l'abate e il priore confabulare di notte nel chiostro.»

«Alludi a *questa* notte?»

«Sì, la stessa in cui ci trovavamo nella *Villa Fuldensis*.»

«E questo fatto cosa c'entrerebbe con la condotta omertosa di Udalrico nei confronti di Rabano?»

«Secondo quanto Lupo sosterrebbe d'aver udito» spiegò il sassone, «l'abate e il priore stavano discutendo di un'indagine segreta collegata alla venuta degli armigeri a Fulda.»

«Addirittura!»

«Non so come interpretare le informazioni di Lupo» seguitò Gotescalco. «Non so neppure se siano veritiere o frutto di suggestione. Però, amico mio, devi ammettere che nelle ultime ore si stanno verificando troppi eventi fuori dal comune. Escludere a priori che siano scollegati l'uno dall'altro sarebbe da stolti.»

«Forse hai ragione» dovette ammettere Adamantius. «E ti confesso che rivelazioni tanto inquietanti rendono ancor più gravosa la mia reclusione in questo antro oscuro.»

Per tutta risposta, il sassone emise un gemito sommesso. «In tal caso» mormorò, «dubito che mi convenga rivelarti per intero le confidenze dell'erborista.»

Il miniaturista guardò Gotescalco stropicciarsi il labbro con un'espressione tormentata. «Non fare il menagramo!» lo spronò. «Prima stuzzichi la mia curiosità, poi decidi di tenermi sulle spine?»

L'amico abbozzò un cenno di scuse, quasi a voler

chiedere perdono per gli incubi che le sue prossime parole gli avrebbero provocato. «Dopo aver rinvenuto le ferite da spillo sotto le unghie del cadavere» si decise poi a rivelare, «Udalrico ha menzionato le Parche.»

Adamantius non credette alle proprie orecchie. «Le Parche?» ripeté. «Intendi... le divinità pagane che dominano sulla vita e sulla morte degli uomini?»

Il sassone annuì. «Le tre *dominae* che le genti delle campagne e delle foreste venerano ancora in gran segreto. L'erborista si è fatto il segno della croce più volte, mentre le nominava. Aveva paura, te lo giuro. L'ho visto tremare come una foglia, al punto che, per indurlo a spiegare, ho dovuto attendere che si scolasse quasi tutto l'orcio di vino che gli avevo portato.»

«Devi aver dimenticato di raccontarmi qualcosa...» commentò il miniaturista mentre si lambiccava il cervello in cerca di una spiegazione logica. «Mi hai appena detto che Ratgar è stato ucciso da una grossa fiera... Ebbene, cosa c'entrerebbero adesso le tre Parche?»

«Udalrico non è stato molto chiaro al riguardo» lo avvertì l'amico, mentre la sua voce si tramutava in bisbiglio. «Udalrico ha semplicemente detto che...» e si voltò per scrutare nella tenebra.

«Detto cosa?» insistette Adamantius.

«Odo un rumore di passi!» fece Gotescalco, allarmato.

«Staranno portando la salma nella cripta» suppose il miniaturista.

«Non posso restare!»

«Aspetta! Finisci per lo meno quel che stavi dicendo.»

«E va bene!» bofonchiò il sassone. «Secondo opinione dell'erborista, l'enorme bestia che ha ucciso Ratgar sarebbe stata mandata dalle Parche!»

Dopodiché chiuse lo sportello dello spioncino.

Lasciando Adamantius in una tenebra brulicante di fantasie mostruose.

11

Stanco di spiare dalla finestra, Rabano si gettò sulle spalle un mantello foderato di pelliccia e uscì dalle sue stanze, evitando di posare lo sguardo su una pila di carte che richiedevano con urgenza la sua attenzione. Il progetto di erigere un nuovo monastero a oriente di Fulda, sulla collina dell'Ugesberg, aveva fatto approdare sul suo scrittoio disegni architettonici, diplomi di annessioni territoriali e liste di spese da valutare. Un'occupazione edificante ma alquanto sterile per la sua mente di teologo, che trasse immediato giovamento dall'aria gelida del mattino.

Ma solo per un istante. Poi Rabano prese la direzione per la foresteria e il suo pensiero andò agli abati che l'avevano preceduto, e che erano stati così saggi da far costruire quell'edificio lontano dal claustro per impedire che i visitatori contagiassero i monaci con ansie provenienti dal mondo esterno. Il tempo di raggiungerlo e fu attanagliato dall'inquietudine del giorno prima.

Sturmio era ancora sotto il pergolato insieme ai suoi quattro uomini, che l'abate conosceva già avendoli accolti al proprio desco la sera precedente, per cena. Solo in quel momento, tuttavia, ne colse la minaccia. Nonostante fossero di corporatura massiccia e nel pieno dell'età, avevano facce grigie, scavate, quasi fossero usciti da dei sepolcri. Inoltre trasudavano una palpabile diffidenza.

Quello con l'espressione più subdola, seduto sui gradini di legno che conducevano alla copertura del pergolato, lo fissò con occhi felini mentre affilava un pugnale con una cote.

«*Magister* Sturmio» esordì Rabano con modi urbani, «spero che la nostra ospitalità ti soddisfi.»

Anziché ribattere, il generale fece cenno all'armigero col pugnale di spostarsi per lasciar passare il religioso.

«Mi aspettavo di trovarti in compagnia di padre Eigil» continuò Rabano, lasciando trapelare una nota di dissenso.

«Non darti troppo disturbo, abate» ruminò Sturmio. «Le tue premure non sono necessarie.»

Quel rivolgersi a lui col "tu" invece che col "voi", come le consuetudini avrebbero richiesto di fronte a un'alta carica spirituale, non era stato un difetto di loquela né tantomeno l'errore di una mente rozza. Avvicinandosi alla foresteria, Rabano aveva già notato come Sturmio si atteggiasse da padrone, quasi che Fulda gli appartenesse. «Invece le premure sono necessarie» replicò con tono ieratico, «dal momento che, finché tu e i tuoi armigeri risiederete nelle terre dell'abbazia, sarete sotto la mia autorità e tutela.»

Sul volto granitico del generale affiorò un sorriso di sfida. «Pensa a tener sicuri i tuoi monaci, piuttosto.»

L'abate era ben oltre lo sdegno, ma anziché rispondere alla provocazione alzò il mento con protervia e gli punto contro l'indice. «E tu bada ai tuoi soldati» l'ammonì, «giacché da quanto mi è stato riferito, hanno gozzovigliato per tutta la notte causando scompiglio e disordini presso la *Villa Fuldensis*.»

Sturmio dovette restare alquanto colpito da quella reazione. Con grande sorpresa del suo interlocutore, abbassò lo sguardo e si grattò il capo cespuglioso. «Non era mia intenzione provocarti» disse, «e se l'ho fatto, abate, ti chiedo perdono. Devi capire che non sono avvezzo a parlare coi prelati, ma con gente in grado d'intendere solo gli strepiti e gli improperi. Ti prometto che dirò ai miei uomini di comportarsi meglio.» Dopodiché riprese a fissarlo, tradendo un bagliore di scaltrezza. «Però il tuo problema sussiste» sottolineò. «Stanotte è stato ucciso un monaco e, a giudicare da quanto si vocifera, il responsabile è ancora a piede libero.»

«Si è trattato dell'attacco di un orso» minimizzò Rabano.

Il generale ridacchiò come se a parlargli fosse stato un fanciullo che non aveva la minima esperienza del mondo. «Lascia che sia io a giudicare» disse, trattenendo a stento il tono di scherno. «E anziché ordinare al tuo priore di farmi da balia, approfitta della mia presenza per risolvere la questione.»

«A cosa alludi?» lo assecondò l'abate.

«A un'indagine» rispose l'armigero. «Potrei sguinzagliare i miei uomini per i tuoi possedimenti al fine di scoprire la verità. E credimi, amico mio, nell'arco di una giornata avresti risolto il tuo problema.»

Ma a quel punto toccò a Rabano emettere una risata. E non fu certo una risata volgare, pari a quelle che aveva udito finora uscire dalle bocche degli sgherri intorno a lui. Fu invece, la sua, la risata distaccata di chi, contemplando la scacchiera, intuisce la mossa dell'avversario. «Ti ringrazio, *magister*, ma non consentirò che dei laici si muovano liberamente nel mio claustro» sentenziò. «L'abbazia è già sotto la protezione di venti arcieri concessi dall'imperatore Ludovico il Pio. Arcieri che obbediscono non ai tuoi, ma ai *miei* comandi.»

Sturmio sollevò d'istinto una mano verso di lui, ma fu abbastanza accorto da trasformare un gesto di rabbia in un cenno di apparente disinteresse. «In tal caso» tagliò corto, «aspetterò qui, nella tua foresteria, finché non mi sarà giunta notizia che le strade sono tornate a essere praticabili.» E fece segno ai suoi uomini di ritirarsi all'interno. Ma prima di seguirli, rivolse le ultime, maligne parole a Rabano: «Nel frattempo ti prego, abate: non mandare più il tuo priore a propormi visite nella biblioteca o presso la *schola cantorum*. Io sono un uomo d'arme. Con la vostra pergamena mi ci pulisco il didietro».

12

«Dove ti stai dirigendo con tanta fretta?» domandò Walfrido.

«Dal priore» rispose Lupo.

«Non ci andrai.»

«Ma mi ha convocato!»

Si erano incontrati apparentemente per caso, sotto il loggiato che dava accesso allo *scriptorium*. Il borgognone intento a uscire e l'alemanno a entrare. In realtà non c'era stato nulla di fortuito. Dopo la sgradevole conversazione tenuta con Eigil, Walfrido si era recato fin lì e, anziché salire al piano superiore per unirsi al lavoro degli amanuensi, si era appostato sotto gli archi, sopportando il freddo, in attesa di veder comparire l'amico. Che, come preannunciato dal priore, sarebbe stato il prossimo a essere interrogato sugli eventi della notte precedente.

«Non ci andrai, ho detto» insistette. «Non oggi, per lo meno. Sempre che tu non voglia rovinare me, Gotescalco e Adamantius.»

«Di che blateri?» si meravigliò Lupo.

«Eigil intende chiederti della nostra scappatella alla *Villa Fuldensis*.»

«Ebbene? Io non sono venuto con voi.»

«Ma sai cosa abbiamo fatto, e il priore riuscirà di certo a fartelo confessare.»

A quelle parole, il borgognone abbozzò una smorfia irritata. «L'obbedienza rientra tra i miei doveri di monaco» sospirò. «Non puoi chiedermi di mentire. Nemmeno in nome della nostra amicizia.»

«Non te l'avrei mai chiesto se si fosse trattato di tener nascosta una semplice bravata» spiegò Walfrido. «Però stanotte è stato ucciso un uomo, capisci? Un monaco del nostro cenobio.»

«La disgrazia di padre Ratgar» annuì Lupo, facendosi il segno della croce. «Ne sono al corrente.»

«E padre Eigil è a caccia del responsabile.»

«Quale responsabile?»

Prima di rispondere, Walfrido si guardò intorno per assicurarsi che non ci fosse nessuno nei paraggi. «Il responsabile dell'omicidio» rivelò con un sussurro.

«Si è trattato di un omicidio?» esclamò il borgognone, spalancando gli occhi. «Per il santo crisma! E voi tre cosa c'entrate?»

«Nulla, naturalmente» chiarì l'alemanno, mentre si affrettava a tappargli la bocca. «Ma il priore sospetta che, mentre Ratgar veniva ucciso, noi ci trovassimo tutti e tre nella *Villa Fuldensis*, ad assistere alla scena. O forse ancor peggio, sospetta che siamo coinvolti nel crimine.»

«E c'è qualcosa di vero in tutto questo?»

«Sei uscito di senno? Certo che no. Quando siamo arrivati, Ratgar era già morto.»

«Allora di cosa hai paura?» continuò Lupo. «Se tu e Gotescalco riferiste per filo e per segno come sono an-

date le cose, tutto si risolverà con una semplice punizione. Senza contare che sarebbe giusto pure nei confronti del povero Adamantius, che sta scontando la
pena anche per voi due.»

«Quanto sei ingenuo!» si esasperò Walfrido. «Possibile che tu non abbia ancora capito? Eigil cerca delle persone da accusare, e poco importa se quelle persone siano colpevoli oppure no. Per lui conta soltanto
far bella figura davanti all'abate.»

Il borgognone scosse il capo. «Ti stai facendo un'idea
sbagliata sul priore» replicò. «Eigil è un uomo d'indole assai severa, te lo concedo, ma da qui al dipingerlo
come un persecutore d'innocenti...»

«Taci e nasconditi!» lo interruppe l'alemanno, trasci-
nandolo all'improvviso dietro una colonna.

Lupo era più pesante di lui e, piantandosi sui talloni,
avrebbe potuto facilmente opporsi alla sua mossa. Invece
l'assecondò, ritrovandosi accanto all'amico sotto l'ombra di un arco del loggiato. «Cosa succede?» mormorò.

Walfrido si portò l'indice sulle labbra, poi gli fece
cenno di guardare in direzione della corte.

L'ingenuo monaco di Ferrièrs esitò un istante, infine si sporse appena. E con suo grande stupore riconobbe la figura autoritaria di padre Eigil marciare verso l'edificio dello *scriptorium* e della biblioteca insieme
a due arcieri.

«Perché gli arcieri?» non poté evitare di chiedersi.

«Perché deve aver deciso che la tua confessione non
gli serve» intuì Walfrido. «Sta venendo ad arrestarci!»

13

Adamantius ascoltò il tramestio oltre il battente della sua cella. A giudicare da quel che udiva, Gotescalco era fuggito appena in tempo per non farsi scoprire dagli intrusi che stavano scendendo nelle profondità di San Michael. Il rumore dei loro passi diventava sempre più distinguibile, e ora si coglieva pure, insieme a quelli, lo strascichio di qualcosa che veniva trascinato sul pavimento.

Dovevano essere i famigli dell'abbazia, si persuase. Stavano portando la salma di Ratgar nella cripta.

Il miniaturista, tuttavia, non aveva più paura di restare da solo col cadavere di un confratello. Le parole del sassone gli avevano aperto uno squarcio nella mente, che ora si popolava di immagini ben più inquietanti.

Una bestia evocata dalle Parche.

Una bestia capace di uccidere un essere umano con un colpo d'artiglio.

Adamantius aveva un nome per quella creatura. L'aveva sentito pronunciare da bambino, quando viveva nella diocesi di Tours e giocava coi figli dei servi della gleba. La chiamavano *garou*. Ma sapeva che i popoli germanici l'appellavano in un altro modo. E pure che i sapienti e i teologi, di tanto in tanto, ne facevano menzione nei loro scritti.

Ma era davvero possibile che un *garou* si aggirasse nei dintorni di Fulda?

Frenò l'immaginazione prima che le sue ali lo portassero troppo lontano e ripensò alle parole del priore. Eigil non stava cercando una bestia, bensì un comune assassino. Un uomo. O meglio: un monaco.

Un'ipotesi assai più credibile, se non fosse stato che i principali sospettati erano proprio Adamantius e i suoi amici.

Eppure, continuò a rimuginare il giovane monaco, il priore doveva avere le sue ragioni. C'era da domandarsi se fosse al corrente di fatti o fosse in possesso di prove che l'avevano indotto a maturare delle certezze sull'omicidio di Ratgar.

Restava però il fatto che Eigil s'ingannava.

O forse no...

Adamantius rimase a fissare il buio con la bocca socchiusa. Mentre una parola – un nome – pareva volergli rotolare d'un tratto fuori dalla bocca.

Non eravamo soltanto in tre!, meditò con un fremito. Eravamo in quattro!

14

«Io non posso essere arrestato...» fremeva Lupo.

Intento a nascondersi nell'ombra insieme a lui, Walfrido sbirciava oltre una colonna per tenere d'occhio Eigil e la coppia di arcieri intenti a penetrare sotto lo stesso loggiato in cui i due amici avevano trovato rifugio.

«L'entrata per lo *scriptorium* è lontana» valutò l'alemanno, speranzoso. «Se quei tre filano dritti non ci vedranno.»

«Non posso essere arrestato, capisci?» continuava a piagnucolare il borgognone. «Oh, quale onta sarebbe per il mio venerabile fratello, quale onta... E se poi mi credessero colpevole e mi sottoponessero a tortura? No, no... Sarebbe troppo...» e accennò a voler uscire allo scoperto.

Walfrido lo afferrò per una spalla. «Sei impazzito?» bisbigliò.

Lupo tentò di divincolarsi. «Se mi nascondo sembrerò colpevole...» continuava a farfugliare. «Lascia che mi consegni al priore... Lasciami, ti dico. Sono ancora in tempo per riscattarmi e...»

Per tutta risposta l'amico lo cinse con le braccia intorno al collo e lo trasse indietro, premendogli una mano sulla bocca per farlo star zitto. «Forse hai ragione» gli sussurrò. «Forse tu te la caveresti... Ma non posso permettere che per salvare te stesso tu vada a peggiorare la situazione di noi altri» e si sforzò di tenerlo immobile. «Sta' fermo, su. Aspetta che passino, da bravo...»

Nel frattempo l'alemanno teneva l'orecchio teso per ascoltare i passi del priore e degli arcieri, finché non gli giunsero sempre più fiochi. «Ecco, hanno imboccato le scale» mormorò, per poi allentare la presa. «È il momento giusto per fuggire.»

Soltanto allora si accorse che Lupo aveva pianto.

«Fuggire dove?» domandò quest'ultimo.

«Alle cucine» gli rispose Walfrido. «Vedrai che Gotescalco troverà una soluzione.»

Nelle cucine, tuttavia, trovarono soltanto un famiglio che sonnecchiava tra dei canestri di pesce in attesa del palesarsi del padre cuciniere.

«E adesso cosa si fa?» chiese Lupo in un crescendo d'angoscia.

Walfrido, che si aspettava da un momento all'altro un suo ennesimo tentativo di ribellione, continuava a camminargli al fianco, tenendolo per un lembo della tonaca. Dopo essersi guardato intorno fra le pentole e i paioli appesi al soffitto, si diresse verso il camino acceso e gli indicò una panca di legno. «Aspettiamo» disse. «Qui il priore non ci verrà mai a cercare, e se anche dovessimo imbatterci in qualche confratello verremmo semplicemente scambiati per dei ghiottoni venuti a ingozzarsi di cacio.»

«Ingozzarsi...» ripeté Lupo, quasi che quella parola avesse il potere di calmarlo. «E poi? Quale soluzione pensi di trovare? Non possiamo certo nasconderci in eterno nell'abbazia.»

«No, infatti» risuonò una voce, accompagnata dal tonfo di un oggetto pesante che veniva posato a terra.

I due si voltarono di scatto verso un usciolo collegato alle cantine e scorsero la sagoma di un uomo dai capelli rossi, con le spalle robuste e le mani premute su una botte di carne salata appoggiata davanti ai suoi piedi.

«Cosa è successo?» domandò Gotescalco, scrutando i volti angustiati degli amici. «Di quale soluzione stavate parlando?»

«Di quella che, a Dio piacendo, ci toglierà da un guaio molto grosso» rispose Walfrido. «Un guaio in cui sei coinvolto anche tu.»

Il sassone rimase immobile, lasciando trapelare l'imperturbabile freddezza di un condottiero di fronte alla battaglia imminente. Osservò di sbieco il famiglio, che d'un tratto si era svegliato, poi fece cenno ai due fuggitivi di seguirlo. «Presto il padre cuciniere farà ritorno» spiegò. «Meglio affrontare la questione in un luogo più appartato.»

15

Quando l'erborista aprì la porta del suo laboratorio, strabuzzò gli occhi per l'incredulità. «Cosa succede?» «Ti prego di farci entrare» gli chiese Gotescalco, dopo avergli rivolto un saluto rispettoso.

Udalrico esitò. L'inquietudine che gli aveva adombrato il volto dopo l'esame del corpo di Ratgar era ancora lì, insieme a un'indole guardinga, quasi ossessiva, che gli dava l'aspetto di una persona in preda al delirio. «Va bene» si decise, osservando con diffidenza i due giovani monaci al seguito del sassone. «Prima però dovrete mostrarmi le mani.»

Dopo aver soddisfatto quell'insolita richiesta, e atteso che l'erborista esaminasse con perizia le loro unghie, i tre amici ottennero il permesso di entrare.

«Da chi vi state nascondendo?» volle sapere Udalrico.

«È dunque così... evidente?» balbettò Lupo.

Gotescalco, che strada facendo era stato informato da Walfrido sugli ultimi avvenimenti, illustrò brevemente la faccenda per poi porre l'accento sulla condotta insolita del priore. «Una condotta» soggiunse «che mi rammenta quella tenuta poche ore fa dall'abate, quando ci ha imposto di mantenere il silenzio sulla natura delle ferite trovate sul corpo di Ratgar.»

«È per questo motivo che sei tornato da me?» gli domandò Udalrico. «Perché intravedi un legame tra il comportamento di Rabano e quello di Eigil?»

«Sì» gli rispose. «Oltre al fatto che tu sei l'unico tra i monaci di sangue nobile di Fulda a non trattare con sufficienza noi semplici benedettini.»

«Voi non siete affatto semplici benedettini» gli fece notare l'erborista con una punta di sarcasmo. «Se ben rammento, Lupo è figlio di un nobile di Sens. E in quanto a te, giovane Gotescalco, sei figlio del potente conte di Sassonia. È assai probabile che alla morte dei capitolari più anziani voi siate tra quelli che verranno chiamati a prendere il loro posto, guadagnando così il diritto di eleggere il nuovo abate e forse addirittura di rivestirne la carica.»

Gotescalco si strinse nelle spalle. Fino ad allora non aveva mai pensato a quella eventualità, e la consapevolezza che Udalrico avesse ragione lo irritava. «Sempre che Eigil non riesca ad accusarci di omicidio» ribatté acidamente.

L'erborista scosse il capo. «Non è certo tra di voi che si nasconde la persona che ha ucciso Ratgar.»

«Una persona?» ripeté il sassone. «Quindi ora non ritieni più che si sia trattato dell'attacco di una bestia?»

«Non ho mai cambiato idea al riguardo» rispose Udalrico, criptico. «La ferita non lascia dubbi: è stata opera di una fiera. Ma non una comune fiera, come già ti confidai, bensì una creatura mezza uomo e mezza bestia. Un frutto contro natura generato dalla magia delle Parche.»

Walfrido si lasciò sfuggire una risatina nervosa. «Le Parche non esistono...»

«Davvero?» lo sferzò l'erborista, fissandolo truce. «Quindi tu saresti così dissennato da negare l'esistenza dei demoni? Da rifiutare le parole di sant'Agostino e di tutti i dottori della Chiesa che ci hanno messo in guardia sull'esistenza degli spiriti maligni e degli angeli ribelli che avrebbero diffuso il paganesimo tra gli uomini? Negheresti, tu, la possibilità che simili esseri, per farsi beffa dell'opera di Dio, tentino di stravolgere in ogni momento l'ordine del creato, arrecando danno al genere umano?»

L'alemanno arretrò intimidito.

«Ebbene» continuò Udalrico, «le Parche sono tra questi esseri. Cloto, Lachesi e Atropo, figlie della notte, usano fusi, spilli e cesoie per praticare i loro incantesimi, e per marchiare i corpi delle loro vittime. Lasciando su di essi segni eguali a quelli che ho rinvenuto sotto le unghie di Ratgar. Segni di cui parlano i rustici che vivono al limitare delle selve, e che ancora temono e segretamente venerano queste *dominae*, perpetrando i loro riti antichissimi per assicurarsene i favori.»

«Tu accenni a racconti di poveri *illitterati et idiotae*» obiettò Lupo, pur incapace di trattenere un fremito nella voce. «Come puoi prestar fede a simili storie proprio tu, saggio Udalrico, che sei tra i più dotti di questa abbazia? Come puoi asserire con tale persuasione che esistano *foeminae maleficae* in grado di tramutare gli uomini in bestie feroci?»

«Il re Nabucodonosor non fu forse trasformato in bestia da Dio?» replicò l'erborista con un'occhiata piena di esaltazione. «E non sono forse per metà bestie e per metà uomini le sfingi, i *bersekir* vichinghi, i cavalieri sulfurei dell'Apocalisse e i viventi del tetramorfo comparsi al profeta Ezechiele? Ebbene, io sono un erudito, è vero, e molto ho appreso dai libri e dai miei *magistri*, ma non sono così vanaglorioso né tantomeno sconsiderato da anteporre la limitatezza del mio intelletto ai misteri del soprannaturale.»

«È questo, dunque, che vorrebbe nascondere l'abate?» intervenne Gotescalco. «Un segreto soprannaturale?»

«Il venerabile Rabano non crede in queste cose» rispose Udalrico con una punta di rammarico. «Lui non è cresciuto, come me, a contatto coi popoli barbari, e non presta sufficiente fede ai loro racconti. Lui conosce molto di più il *timor Dei* del *timor Diaboli*. Ma io... Io so! Io ho visto! E ancora oggi che sono vecchio, ogni qualvolta mi avventuro nella foresta in cerca delle erbe medicamentose, tengo sempre i sensi bene in allerta per non farmi sorprendere dalle creature magiche che continuano a vivere indisturbate all'ombra delle distese fronzute.»

«È dunque per la sua incredulità» continuò il sassone «che l'abate avrebbe liquidato la faccenda con la spiegazione dell'orso?»

«Lo ignoro» rispose il sapiente. «Così come ignoro cosa abbia indotto il priore a perseguirvi in maniera tanto sommaria. Ma ripeto: le ferite sul corpo di Ratgar sono d'un genere che fino a oggi non ho mai scorto su alcun cadavere, e la dimensione spropositata dell'artiglio che le ha provocate non lascia dubbi: è opera di un *werwulf*.»

«Un... cosa?» intervenne Lupo, ch'era impallidito per lo spavento.

«I suoi nomi latini sono *versipellis* e *gerulphus*» spiegò Udalrico con un sorriso sepolcrale, «mentre i norreni l'appellano *valgulfr*. Il significato tuttavia è sempre lo stesso. Riguarda un diavolo che si è incarnato in un uomo e, attraverso la magia delle Parche, ha fatto sì che la pelle si ricoprisse di pelliccia e la bocca si riempisse di zanne... Così da tramutare un essere fatto a immagine e somiglianza di Dio in un mostro dalle sembianze di lupo. Un mostro che ulula, si strugge, vaga nella notte e uccide a causa del desiderio impossibile che lo rende folle: il desiderio di divorare la luna.»

16

L'ora di cena giunse repentina, come la notte, e senza quasi accorgersi dello scorrere del tempo l'abate si ritrovò seduto alla mensa del refettorio, davanti
ai quattrocento monaci di Fulda. Nonostante la giornata fosse stata molto fredda e densa d'incombenze,
Rabano non aveva appetito. Il solo guardare i confratelli addentare il pane e sorbire il *plumentum* gli dava
la nausea. Persino la vista delle aringhe del Baltico,
prelibatezza assai rara della quale era particolarmente ghiotto, lo stomacò al punto da indurlo ad allontanare la ciotola.

Il cibo, tuttavia, non era l'unica cosa a indisporlo. Ben
peggiori erano le facce dei commensali. Come quella
di Eigil, seminascosta dalla coppa del vino dalla quale
il priore pareva non volersi separare. I suoi occhi an-
nebbiati non facevano che scrutare la sala da destra a
manca, in cerca di qualcosa, mentre Verinarius, seduto al suo fianco, gli bisbigliava di tanto in tanto qualche parola all'orecchio.

Assai più inquieto era però Udalrico, intento ad ap-
pallottolare dei pezzi di mollica e a disporli davanti a

sé, pensieroso, quasi stesse tracciando i contorni di una segreta ossessione.

L'erborista sembrava anche spaventato, presagì Rabano. Non dalle circostanze, come poteva essere lui, ma alla stregua d'un bambino che si era appena svegliato da un incubo. O questa, per lo meno, era l'impressione che gli dava.

Il peggiore di tutti era però Sturmio. Seduto pure lui al tavolo dell'abate, non faceva che masticare tranci di carne e rivolgere occhiate piene di sottintesi ai suoi quattro sgherri. Chissà quali progetti aveva in mente!, meditò l'abate. Progetti che non avrebbero fatto altro che recare disgrazia.

Se solo non fosse nevicato così tanto!, si dolse Rabano. Se solo le strade per Erfurt fossero tornate sgombre e gli armigeri dell'imperatore non avessero più avuto pretesti per sostare a Fulda!

Al fine d'interrompere quell'avvilente rimuginare, stava giusto per consigliare a Eigil di usare maggior moderazione col vino quando un famiglio si presentò alle sue spalle per sussurrargli all'orecchio.

«Ne sei sicuro?» domandò Rabano, voltandosi verso di lui.

«Sì, vostra grazia» rispose il servo.

«Hai controllato nel *dormitorium*? E nella corte?» continuò a interrogarlo.

Il famiglio annuì.

«Qualche irregolarità?» intervenne il priore, posando la coppa sul tavolo.

L'abate scrutò la sua espressione rapace. Gli era giunta notizia che Eigil, quella mattina, avesse fatto irruzione nello *scriptorium* con due arcieri, per poi ispezionare alcuni ambienti dell'abbazia. Senza dargli giustificazione né chiedergli il permesso. «A quanto pare» gli rivelò, «quattro dei nostri monaci non si sono presentati a cena.»

«Ma non mi dite» sogghignò il priore, mentre si puliva una sbavatura rossa di vino dal labbro inferiore. «E chi sarebbero?»

«Sospetto che conosciate già la risposta» dichiarò Rabano, evasivo, mentre incrociava per un attimo gli occhi inquieti dell'erborista.

17

I rintocchi del mattutino.

Adamantius si ridestò sull'algido pavimento della cella, ancor più scosso e acciaccato di quando si era assopito. Per prima cosa annaspò nel buio in cerca della borraccia e bevve la poca acqua rimasta a sua disposizione per estinguere il senso d'arsura che gli martoriava la gola.

Poi pensò alle campane.

Non erano state quelle a svegliarlo. Era stato un altro rumore.

Uno zampettio.

Indeciso se si fosse trattato della reminiscenza di un incubo o di un suono reale, il miniaturista accostò un orecchio al battente.

E dopo un istante percepì dei passi.

Passi umani.

Dunque mi sono ingannato?, si chiese.

Rimase in ascolto per sincerarsi delle proprie impressioni e riconobbe, in effetti, l'inconfondibile scalpiccio prodotto da dei piedi infilati in calzari.

Poteva trattarsi di un famiglio, rifletté. O magari del

padre guardiano sceso nelle profondità di San Michael per ispezionare la cripta.

Ma proprio mentre il miniaturista era immerso in simili congetture, calò di colpo un silenzio di tomba.

Incapace di comprendere cosa fosse successo, Adamantius rimase in attesa, l'orecchio premuto contro il battente, per un lasso di tempo che gli parve eterno.

Finché, d'un tratto, trasalì.

Era tornato lo zampettio.

Più vicino, questa volta, al punto che il monaco distinse con chiarezza il raschiare degli artigli sul pavimento e un ansimare sommesso, simile al grufolio d'un maiale ma più minaccioso.

«Chi va là?» domandò.

Lo zampettio si arrestò, seguito dal soffio d'un grosso naso preso ad annusare.

Dev'essere proprio dietro al battente, presagì Adamantius in un crescendo di sgomento. «Chi va là?» ripeté con voce più ferma, mentre posava la mano sullo sportello dello spioncino.

Gli rispose un borbottio. Appena poche sillabe, a onor del vero, ma uscite senz'ombra di dubbio da una gola umana.

Forte di quella convinzione, Adamantius prese coraggio e spalancò di scatto lo spioncino per sorprendere il misterioso visitatore prima che si dileguasse.

Con la conseguenza di restare vittima del suo stesso stratagemma.

«*Vade retro!*» gridò il miniaturista, mentre scivolava all'indietro in preda al più raccapricciante degli orrori.

Dall'altro lato del pertugio, due pleniluni più lucenti dell'alabastro lo fissavano tra il folto di un'ispida pelliccia.

«*Vade retro!*» ripeté Adamantius.

Il ringhio della bestia sovrastò la sua voce.

E il monaco, scivolando nella più febbrile delle visioni, ebbe l'impressione che quel verso fosse uscito dalla bocca dell'inferno. Una bocca irta di enormi zanne, dentro la quale i dannati venivano masticati in un perpetuo contorcersi di corpi senza più forma. Senza più ragione. Senza più speranza.

Poi sovvenne la tenebra. E in quella tenebra, la stessa che aveva partorito il mondo dal suo grembo imperfetto, Adamantius si ritrovò al cospetto della Vergine Maria. E fu felice.

Finché non si accorse che quella non era la sposa del Dio crocefisso, bensì una fanciulla intenta a scrutarlo dallo spioncino con un sorriso ineffabile.

«Alzati, sta per iniziare!» furono le parole che lo riportarono nel mondo della veglia.

«Iniziare...?» farfugliò Adamantius, a malapena consapevole d'essere alla presenza di un monaco chino su di lui. «Che... cosa?»

«La messa funebre di padre Ratgar» gli rispose il confratello, spazientito. «Spicciati, pusillanime. Rimettiti in piedi! L'abate ti accorda il permesso di partecipare.»

18

Per un attimo Adamantius credette che sarebbe stato condotto all'esterno delle mura di San Michael. Ma dopo essere risalito col padre guardiano dalle cripte, vide il monaco fargli prima cenno di restare in silenzio e poi di prendere posto ai margini della grande aula circolare che si sviluppava intorno all'altare.

Il miniaturista era troppo debole per chiedere spiegazioni. Il freddo della reclusione l'aveva messo a dura prova, provocandogli un senso di spossatezza che gli dava i brividi e il capogiro. Inoltre la gola gli doleva come se fosse coperta di piaghe, costringendolo di tanto in tanto a tossire.

Tutto avvolto nella sua tonaca, si diresse quindi verso le colonne che delimitavano l'ambiente. Davanti ai suoi occhi, nella penombra rotta dal baluginio di candele e fiaccole, i quattrocento monaci di Fulda stavano intonando delle orazioni in onore di un corpo disteso a terra, avvolto in un sudario, a pochi passi dall'altare.

Ratgar, presagì Adamantius.

L'abate e il priore erano ai fianchi del defunto, seminascosti dalla caligine dei turiboli che facevano oscillare. Una visione destinata a infondere pace, ma che invece richiamò alla memoria del miniaturista quella avuta poco dopo il mattutino, la visione dell'inferno. E insieme a quella, il ricordo della bestia.

Le vertigini lo costrinsero ad appoggiarsi alla colonna. A dispetto del gelo che gli si era insinuato nelle ossa, stava sudando.

Rimase quindi appoggiato al marmo per tutto il tempo dell'omelia pronunziata dal venerabile Rabano. Un'omelia lunghissima, intervallata da una marea di *amen* che gli rimbombavano nel petto, scuotendolo ogni volta da un incipiente dormiveglia che iniziava a far affiorare una nuova immagine.

Il volto della fanciulla scorta attraverso lo spioncino.

"Dio mi punisce infondendomi il delirio", meditò Adamantius.

E quasi a conferma di quel pensiero, percepì all'improvviso la voce di Eigil.

Approfittando di un'interruzione dell'abate, il priore aveva preso la parola, rivolgendosi col suo tono altisonante a tutti i confratelli.

«Monaci di Fulda!» stava dicendo. «Siamo qui riuniti a piangere un membro della nostra comunità e, con giusto cordoglio, preghiamo gli angeli di accompagnare la sua anima di peccatore al cospetto della luce divina, affinché possa attendere in compagnia dei santi, dei martiri e dei patriarchi la venuta del regno celeste nel luogo ameno chiamato Seno d'Abramo. Un'attesa a cui prego verrete ammessi voi tutti, o virtuosi confratelli, affinché ci si possa ritrovare dopo la fine del mondo a cantare nei cori del paradiso, tra i crisopazi e i lapislazzuli che adornano la volta del cielo!»

Dopodiché Eigil fece un passo in avanti e, col turibolo che reggeva per le catenelle dorate, descrisse un arco quasi volesse scagliarlo lontano. «Eppure» soggiunse con asprezza, «pregare non basta! È necessario interrogarci anche sulle *cause* che hanno strappato prematuramente padre Ratgar dalla vita che nella sua infinita grazia gli aveva concesso il Signore Iddio. E dobbiamo, ancor prima, cercare i confratelli che sanno e che hanno visto. I confratelli che latitano da questa messa, e che si nascondono in questa stessa abbazia per sottrarsi ai giusti interrogatori, per evitare che incorrano nell'orribile morte in cui il nostro infelice confratello...»

«Basta!» lo tacitò Rabano, ordinandogli di mettersi da parte.

Il priore esitò a obbedire, ma l'abate lo spinse indietro, facendogli cadere il turibolo a terra. «Siamo qui per accompagnare l'anima di un uomo nel suo estremo cammino!» dichiarò, soverchiando il fragore metallico che echeggiava fino al soffitto. «Non permetterò che la santità di questo momento degeneri in fanatismo accusatorio! Non permetterò che la paura e il sospetto s'insinuino nei nostri cuori, trasformandoci in bestie che si temono l'un l'altra, e che finiscono con l'azzannarsi senza alcun motivo! Perché come dice nostro signore Gesù Cristo, nei santi Vangeli...» e continuò addolcendo i toni.

Mentre assisteva ai cenni d'assenso dei monaci, Adamantius accolse le parole di Rabano quasi fossero un balsamo capace di restituirgli un po' di vigore. Era come se l'abate promanasse luce. Come se egli si fosse espresso sotto l'ispirazione dello Spirito Santo, grazie al quale non aveva solo fugato le ombre sprigionate da Eigil, ma anche reso più forti i legami della comunità monastica.

Il miniaturista, tuttavia, non poté ascoltare quanto disse in seguito l'abate, poiché una parola sussurrata alle sue spalle richiamò la sua attenzione. Quindi si voltò e spalancò gli occhi per la sorpresa.

«Non dire nulla» continuò a bisbigliare Gotescalco.

Adamantius lo fissò incredulo. Il sassone gli stava parlando dall'ombra di una delle grandi nicchie che circondavano l'aula di San Michael.

«Devi seguirmi» soggiunse Gotescalco.

Dove?, si domandò il miniaturista. Ma subito dopo il suo sguardo andò prima al padre guardiano, che pareva non curarsi più di lui, poi ai due arcieri che stavano sorvegliando l'unico ingresso della chiesa.

Arretrò di qualche passo, mantenendo gli occhi puntati verso l'altare per non destare sospetti tra i confratelli. E non appena si trovò accanto all'amico, nella semioscurità, disse: «Non posso venire con te. Al termine della funzione verranno a cercarmi per riportarmi nella cripta».

«Non sei l'unico che cercheranno» replicò il sassone. «Hai sentito cos'ha detto Eigil? Intende incolparci della morte di Ratgar.»

«L'abate non glielo permetterà.»

«Hai troppa fiducia nel tuo abate.»

«E tu... invece?» tossicchiò Adamantius. «Cosa proporresti di fare?»

Anziché ribattere, Gotescalco gli afferrò un polso e lo trasse a sé. «Fuggire.»

«Da qui non si fugge.»

«Invece sì. Conosco le cripte molto meglio di te. Qui sotto ci sono dei passaggi che nemmeno immagini.»

«E Walfrido e Lupo?» si rammentò d'un tratto il miniaturista. «Dove sono?»

Il sassone puntò l'indice verso il basso. «Ci stanno aspettando.»

Adamantius tentennò. Guardò ancora in direzione dell'altare, immaginandosi la salma di Ratgar ai piedi dell'abate, mentre d'un tratto gli si rinfocolavano nella mente i pensieri di due notti prima.

«Non abbiamo molto tempo...» lo incitò l'amico.

«E va bene» si decise il miniaturista. «Verrò con te...» e s'intrufolò dentro la nicchia, accorgendosi che in fondo a essa si apriva un passaggio verso i sotterranei. «Ma non per fuggire.»

«E allora per cosa?» protestò Gotescalco.

«Per catturare il colpevole» gli rispose. Poi, con un sorriso febbrile, aggiunse: «So chi è stato».

19

Gotescalco aveva detto il vero. A causa delle molte volte in cui era stato rinchiuso per punizione là sotto, aveva maturato una profonda conoscenza delle cripte di San Michael e, non appena ebbe imboccato una scala che collegava la nicchia al piano sottostante, spiegò: «L'abbazia di Fulda sorge sui resti di una rocca distrutta in un incendio».

«Era la residenza di un duca franco» annuì Adamantius, mentre lo seguiva quasi alla cieca per i gradini avvolti nel buio. «Lo sanno tutti.»

«Quel che si ignora» replicò l'amico «è che detta rocca sia andata distrutta soltanto *in superficie*.»

«Intendi che...»

«Che le cripte di San Michael sono collegate a dei passaggi segreti.»

Il miniaturista fu attraversato da un brivido. «Ecco da dove può essere entrato!»

«Chi?» domandò il sassone, intento a proseguire nella discesa.

«Cosa, piuttosto...» sospirò l'altro, trafelato. Si appoggiò a una parete per riprendere fiato. Aveva il capo e la gola in fiamme, le ossa gli dolevano in ogni punto.

«Ma tu non stai bene!» fece Gotescalco, tornando sui propri passi per soccorrerlo.

«La belva...» tossicchiò Adamantius. «Mi ha fatto visita prima dell'alba... Ai rintocchi del mattutino...»

«Tu sragioni.»

«L'ho vista, ti dico!» insistette il miniaturista.

Per tutta risposta, le robuste braccia del sassone s'insinuarono sotto le sue ascelle per sorreggerlo fino al termine delle scale.

«Sei sicuro di quanto affermi?» domandò a quel punto una voce.

Gli occhi di Adamantius scrutarono nella tenebra. «Walfrido?» domandò.

Il lume di una candela affiorò da dietro un arco. «Sono io» disse l'alemanno. «E c'è anche Lupo.»

«Vi aspettavamo» confermò il borgognone, mentre la sua faccia paffuta emergeva alla luce. «Ma ora che ci siamo tutti, cosa faremo?»

«Adamantius ha un'idea per scagionarci. Sostiene di sapere chi è l'assassino di Ratgar» rispose Gotescalco. «Però prima avrà bisogno di riposare. E forse di un infuso di erbe officinali.»

«Non c'è tempo» obiettò il miniaturista. «Presto la messa finirà, e allora il padre guardiano si accorgerà della mia assenza. Dobbiamo agire adesso!»

«D'accordo» l'assecondò Walfrido. «Prima, tuttavia, dovrai spiegarci.»

A dispetto del suo stato che pareva aggravarsi a ogni istante, Adamantius si staccò dal sassone e si mise in mezzo ai tre amici. «È presto detto» disse. «La notte in cui è stato ucciso Ratgar, noi non eravamo gli unici monaci presenti nella *Villa Fuldensis*. C'era anche un altro confratello, rammentate?»

«Thioto!» esclamò Lupo.

Il miniaturista annuì. «Se Eigil ha ragione, e l'assassino è davvero uno dei monaci dell'abbazia di Fulda, allora è lui che dovremo cercare.»

Walfrido guardò istintivamente verso l'alto.

«Non lo troverai lassù, amico mio» disse Adamantius dopo aver notato il suo gesto. «Mentre assistevo alla messa funebre, ho scrutato a uno a uno i volti dei nostri confratelli. E sono persuaso del fatto che Thioto non fosse tra loro.»

«In tal caso seguitemi» intervenne Gotescalco. «Conosco una galleria diretta alla corte. Ci porterà fuori dalla chiesa di San Michael, e da lì procederemo verso il *dormitorium*.»

20

Appena misero piede fuori dalla galleria, i quattro amici furono investiti da una bufera di neve così violenta
da essere costretti a procedere con le mani davanti agli
occhi. Si trovavano alle radici meridionali della collina, al cospetto della sagoma imponente della basilica
abbaziale e delle strutture che le si sviluppavano a ri-
dosso. Sopra di loro, nello sfarfallio biancastro che na-
scondeva i colori del cielo, si scorgeva una lunga pro-
cessione di monaci intenti a trasportare un feretro dalla
chiesa di San Michael al vicino cimitero.

Gotescalco mise il suo mantello sulle spalle di Adamantius, dopodiché fece strada verso gli alloggi del
cenobio. La vista delle sue enormi spalle che sfidava-
no la furia degli elementi infuse immediato coraggio
nei compagni, spronandoli a procedere sulla profonda coltre di neve.

Una marcia assai faticosa, che li condusse intirizzi-
ti dal freddo all'ambulacro sottostante il *dormitorium*.

Walfrido fu il primo a entrare, e dopo aver dato il
segnale di via libera si precipitò insieme agli altri lungo le scale dirette alle celle in cui dormivano i monaci.

Ormai era finita, pensava nel frattempo Adamantius. Una volta che fosse stato messo alle strette, Thioto avrebbe dovuto confessare e l'incubo sarebbe cessato.

Almeno in parte.

Nella sua mente alterata dalla febbre, continuavano a tormentarlo gli occhi alabastrini della bestia e il viso angelico della fanciulla che l'aveva scrutato dallo spioncino. Un duplice mistero che si diceva non si sarebbe di certo risolto con la semplice cattura dell'omicida di Ratgar.

Ben presto, tuttavia, si trovò di fronte a un altro genere di enigma.

Giunto che fu insieme ai suoi amici davanti alla cella di Thioto, si accorse che era vuota.

«Dov'è?» strepitò Lupo, dando voce all'interrogativo che tormentava tutti quanti.

Walfrido si rivolse al miniaturista: «Sicuro di non esserti ingannato? E se Thioto fosse invece presente alla messa funebre?».

Al momento Adamantius non era sicuro di nulla. Ma su quel particolare lo era abbastanza. La sua vista era tra le più acute del cenobio, e insieme a essa la facilità di memorizzare qualsiasi cosa su cui essa si posasse. Anche in quello stato febbricitante, il giovane monaco riusciva a rivedere a uno a uno i volti dei confratelli raccolti nella chiesa cimiteriale durante la messa funebre.

«Non mi sono ingannato...» disse. «Thioto non c'era.»

«Hai gli occhi lucidi...» osservò Lupo con una punta di perplessità. «Non è che stai delirando?»

Gotescalco zittì il borgognone afferrandolo per le

guance paffute. «Se Adamantius sostiene che Thioto non fosse presente alla messa, io gli credo.»

Walfrido indicò la cella vuota. «E allora come ti spieghi questo?»

«Semplicemente col fatto che stiamo cercando nel posto sbagliato» rispose il sassone. «Thioto è il custode della colombaia. Forse lo troveremo là.»

21

Per raggiungere la torre colombaia dovettero uscire di nuovo allo scoperto ed esporsi al turbinio del vento e della neve. Il luogo in cui Thioto assolveva il suo compito più importante si trovava sul versante meridionale del chiostro, accanto alla residenza privata dell'abate.

Approfittando del fatto che tutti i confratelli fossero ancora sulla collina di San Michael, i quattro amici ebbero libero accesso all'edificio e si recarono in fretta e furia sulla sua sommità, nella stanzetta circolare coperta da travature sotto le quali Thioto si prendeva cura dei preziosi pennuti che consentivano a Fulda di comunicare col palazzo imperiale e con i monasteri più lontani.

E là, tra pile di gabbie sfondate e striature vermiglie che macchiavano il tappeto di piume sul pavimento, trovarono colui che stavano cercando.

Stava seduto contro una parete, coperto quasi per intero dallo sterco dei colombi.

Con un triplice squarcio scarlatto che gli lacerava il petto.

Adamantius non fece in tempo a rendersi conto su

cosa avesse posato lo sguardo che udì una moltitudine di passi risuonare dai piani sottostanti.

E prima che uno dei quattro amici potesse proferir verbo, si ritrovarono circondati dagli armigeri dell'abbazia.

Parte seconda

IL VOLTO DEL DIAVOLO

22

L'abate camminava in tondo al centro del suo studiolo, le dita intrecciate dietro la schiena e il volto rivolto verso il basso, a mostrare i capelli canuti ma ancora
folti. Era impossibile indovinare il coacervo di senti-
menti che albergavano dietro la sua espressione, anche se di certo, su di essi, predominavano la rabbia e
l'apprensione.

Intorno a lui, seduti su degli sgabelli finemente inta-
gliati, vi erano Eigil, Udalrico e i quattro amici sorpresi dagli armigeri dinanzi al cadavere di padre Thioto.

«Inammissibile, inammissibile...» mormorava Rabano con lo sguardo che pareva scavare nel pavimento.

«Sarà pur inammissibile» prese la parola il priore.
«Ma di questi delitti commessi fuori dalla grazia di Dio
abbiamo i colpevoli.»

L'abate alzò gli occhi su di lui. «Colpevoli?» snocciolò con tono arcigno. «Di quali colpevoli stai parlando, padre Eigil?»

Senza alcuna esitazione, l'interpellato rivolse un'occhiata accusatoria al gruppo dei giovani monaci. «Sono
sicuro che almeno tre di loro fossero già implicati nel pri-

mo omicidio. E ora che sono stati rinvenuti tutti insieme accanto alla seconda vittima, mi pare lampante che...»

«Non è lampante un bel niente» s'intromise l'erborista. «Le ferite trovate su Thioto sono identiche a quelle di Ratgar. Tre squarci che partono dalla gola fino al petto. Come avrebbero potuto fare, dei semplici monaci, a infliggere simili lesioni? E con quale arma, per giunta?»

«Un triplice fendente» s'irritò Eigil. «Basta un semplice coltello.»

Udalrico scosse il capo. «Le lame affilate lasciano segni differenti» spiegò. «Qui si tratta di *lacerazioni*, e l'unico mezzo per ottenerle sarebbe una zampa munita d'artigli. La zampa più grossa che possiate immaginare...» e scattando in piedi, dichiarò: «La zampa di un *werwulf*».

«Tu e la tua *magistra barbaritas*!» lo tacitò Rabano, imponendogli con un cenno irritato di rimettersi seduto. La sua foga fu tale da fargli urtare un leggio, che finì a terra rovesciando davanti ai presenti un plico di missive.

Incollerito da quell'incidente, l'abate si chinò in fretta per raccogliere le carte e, prima che qualcuno avesse il tempo di offrirgli il suo aiuto, le aveva già riposte su uno scrittoio vicino. «Sai bene che non ammetto le tue credenze superstiziose» riprese poi ad ammonire Udalrico. «Credenze che finora ho tollerato perché non hanno mai influito sul tuo operato, né tantomeno sulla profonda fede in Dio per cui ti sei sempre distinto. Ma sappi che un'altra parola su questi argomenti ti varrà l'allontanamento perpetuo dall'erboristeria. Non m'importa se sei uno dei dodici monaci di sangue nobile e nemmeno della tua osannata sapienza. Una parola e tornerai a essere un semplice monaco, sei avvertito!» Dopodiché andò lui stesso a prendere posto su un seggio, stringendo le dita nervose sui braccioli di legno. «I *monastra* cui accenna padre Udalrico non sono che illusioni del diavolo» sentenziò, «e finanche un infelice sostenesse di soffrire del *morbus lupinus*, ovvero di mutare in belva, o *gerulphus*, a causa di certi riti e incantamenti, egli non sarebbe altro che una vittima dell'inganno del Maligno.»

«Quindi mi date ragione!» esultò Eigil. «I responsabili sono questi quattro piantagrane.»

«Non sono nemmeno loro» lo mise in riga l'abate. «Lo sterco che ricopre il corpo di Thioto denota che il nostro confratello non sia stato ucciso al momento del suo rinvenimento, bensì prima. È probabile che egli sia stato ucciso la notte scorsa, quando sono stato informato della sua assenza nel refettorio.»

«Ho udito le parole che vi ha rivolto il servo durante la cena» non demorse il priore. «E mi pare d'aver inteso che alla mensa mancassero non uno, ma *quattro* monaci» e indicò Lupo, Gotescalco e Walfrido. «Ovvero, insieme a Thioto, anche loro tre! Non vi appare una prova sufficiente?»

«Se fossimo davvero noi i colpevoli» si difese d'impulso il sassone, «non saremmo stati senz'altro così stolti da farci catturare nel luogo del delitto, al cospetto della vittima. Noi non sapevamo che Thioto fosse morto. Lo pensavamo l'assassino di Ratgar, ed è per questo motivo che ci siamo recati nella...»

«Taci, tu!» gli ordinò Eigil. «Nessuno ti ha interpellato.»

«Che padre Gotescalco dica la sua, invece» replicò Rabano, suscitando lo stupore dei presenti.

Il sassone lo scrutò perplesso e, prima di rispondere, consultò gli amici con un'occhiata fugace. «Tanto per cominciare» confessò, «due notti fa, Adamantius non è stato l'unico a recarsi alla *Villa Fuldensis*. C'eravamo anche io e Walfrido. Abbiamo oltrepassato le cinta dell'abbazia attraverso la posterla delle acque di scolo e ci siamo recati presso la borgata per spiare gli armigeri. Eravamo curiosi, volevamo vedere le loro corazze, le loro armi, e magari bere della birra in una locanda... Ma giuro su san Michele arcangelo, quando ci siamo imbattuti in Ratgar era già morto.»

L'abate annuì. «Ti credo» gli disse con tono paterno. «E ora spiegami, cosa ti avrebbe indotto a incolpare Thioto?»

«Perché quella notte l'abbiamo visto aggirarsi nella *Villa Fuldensis*...» intervenne Adamantius, combattendo contro la febbre che gli rendeva difficoltoso il semplice restare sveglio. «Era fuggito dall'abbazia anche lui... capite? E pareva interessato a raggiungere proprio il luogo in cui giaceva il cadavere di Ratgar...»

«E l'avrebbe raggiunto» specificò Walfrido, «se io, imbattendomi per primo in quel corpo senza vita, non avessi gridato per lo spavento.»

«È vero» confermò Gotescalco. «Lo strepito di Walfrido ha fatto fuggire Thioto, e questo di per sé denota un comportamento losco. Assai più sensato, da parte di Thioto, sarebbe stato dirigersi verso la fonte del grido per verificare cosa fosse successo.»

Dopo averli ascoltati tutti e tre senza battere ciglio, Rabano si voltò con aria di scherno verso il priore. «Sono dunque questi i tuoi sospettati?»

«Non vorrete credere alle loro menzogne!» protestò Eigil.

«Padre Udalrico ha ragione su un fatto» gli fece presente l'abate. «Ovvero che le ferite trovate su entrambe le vittime siano fuori dal comune, perciò non certo imputabili a dei semplici amanuensi.»

«Quindi» digrignò i denti il priore, «dovremmo basarci ancora una volta sull'ipotesi dell'orso? Vorreste dare a intendere all'intera *familia* monastica di Fulda che una bestia del genere si sia insinuata nella colombaia, abbia salito le scale fino in cima e ucciso padre Thioto?»

Rabano non rispose alla provocazione. «Farò svolgere delle indagini» si limitò a dire, impassibile.

«E da chi?» lo sfidò Eigil.

«Lo saprai molto presto» replicò sua grazia, per poi rivolgersi ai quattro amici. «Nel frattempo affido padre Adamantius alle cure di padre Udalrico, che è tenuto a propinargli i medicamenti necessari per farlo ristabilire, ma anche a tenere a freno la propria lingua superstiziosa. E in quanto ai padri Gotescalco, Walfrido e Lupo di Ferrières, impongo due giorni di digiuno insieme alla consegna di lucidare tutti gli ori e gli argenti della sacrestia.»

23

«È ingiusto!» piagnucolò Lupo, mentre strofinava una ciotola d'oro con uno straccio. «Io non ho fatto niente per meritarmi questa punizione.»

Walfrido, che stava spolverando accanto a lui il veneratissimo reliquiario di santa Lioba, emise una risatina sardonica. «Ti sei pur sempre nascosto da Eigil per un pomeriggio e una notte intera» gli rammentò, «disertando lo *scriptorium*, il refettorio, il *dormitorium* e la messa funebre.»

«Per colpa tua!» bofonchiò il borgognone, asciugandosi il viso rigato di lacrime. «Se non mi avessi convinto a seguirti...»

«Basta frignare!» intervenne Gotescalco. «Questo non è niente rispetto ai castighi che di solito mi vengono inflitti» dopodiché riprese a lucidare gli smalti di un forziere collocato ai piedi di una statua dalle sembianze monacali.

Lupo, però, continuò a brontolare tra sé, cercando consolazione nei tesori della sacrestia. Il baluginare del candelabro a ruota appeso al soffitto non faceva che mostrargli ori, argenti niellati, gemme e *cloisons* di vetri policromi che scintillavano nella penombra come stelle, mentre le cesellature dell'avorio, più discrete, lo mettevano di fronte a forme di santi, angeli e motivi geometrici.

Il borgognone nutriva un'autentica passione per quel genere di oggetti. Benché la maggior parte di essi, meditò con rimpianto, fosse di dimensioni minuscole.

Tesori minuscoli per un mondo in cui si era costretti a nascondere ogni cosa, pensò. A nascondere e a fuggire, nel caso che la guerra, i barbari e gli eserciti venissero a sconvolgere l'illusione di un'effimera pace.

«Hai fatto bene» disse all'improvviso Walfrido, riportandolo alla realtà.

Lupo lo fissò, pronto a chiedere spiegazioni, quando si accorse che lo strabico stava parlando a Gotescalco. «Cosa state confabulando voi due?» domandò.

Il sassone sogghignò. «Oh, il grassone aveva la testa tra le nuvole.»

«Non essere così duro con lui» lo ammonì Walfrido. «Ha tenuto la bocca chiusa davanti a Rabano e a Eigil, dopotutto. Avrebbe potuto accusarmi d'averlo indotto a disobbedire e non l'ha fatto. Ha accettato la punizione senza fiatare.»

«È vero» dovette ammettere Gotescalco.

Quindi l'alemanno ricapitolò: «Stavo dicendo a Gotescalco che ha fatto bene a tacere all'abate certi particolari del resoconto di Adamantius».

«A cosa ti riferisci?» chiese Lupo.

«Al fatto» rispose il sassone «che Adamantius sosterrebbe d'aver intravisto una misteriosa belva dallo spioncino della sua cella.»

«Rabano non tollera quel genere di discorsi» commentò Walfrido. «Avete visto come ha reagito con Udalrico? Se avessimo riportato anche la storia del nostro amico, sarebbe andato senz'altro su tutte le furie.»

«E poi a quale pro soffiare sulle braci?» soggiunse Lupo. «Vi siete accorti dello stato in cui versava Adamantius? Poveretto, era in preda alla febbre! Di certo, nelle cripte, è stato vittima delle allucinazioni.»

«Però quando ci ha parlato di Thioto era lucido» obiettò Gotescalco. «E più tardi, quando siamo stati trascinati davanti all'abate, lo era ancora.»

Cogliendo il significato implicito di quelle parole, il borgognone non fece cadere per poco la coppa d'oro che aveva tra le mani. «Reputi quindi che abbia visto davvero un *mostrum*?»

«A proposito dell'abate...» cambiò discorso Walfrido, aggrottando d'un tratto la fronte. «Non vi è parso fin troppo condiscendente? Quand'è stata l'ultima volta che ha mostrato così tanta fiducia davanti a dei monaci indisciplinati?»

Il sassone annuì. «Ci ho riflettuto anch'io» confidò. «Il fatto che abbia creduto alle nostre versioni senza batter ciglio è alquanto insolito. Quasi come se...»

«Se sapesse qualcosa» soggiunse Lupo.

«Qualcosa sugli omicidi» si trovò d'accordo Walfrido.

«Anche questa punizione è strana» continuò a ragionare Gotescalco. «Più che castigarci per la nostra indisciplina, pare quasi che Rabano abbia voluto tenerci occupati e, soprattutto, metterci al sicuro.»

«Al sicuro da cosa?» sobbalzò il borgognone.

«Non ne ho idea» gli rispose il sassone con un sorriso inquieto. «Ma non puoi certo negare, mio ingenuo amico, che la sacrestia sia il luogo più inaccessibile e meglio sorvegliato dell'abbazia.»

«Nel caso tu abbia intuito il giusto» sospirò Walfrido, facendosi il segno della croce, «prego per il quarto di noi che è rimasto all'esterno di queste solide mura.»

24

Seduto davanti al braciere in un viluppo di coltri di lana, Adamantius si riprese a poco a poco dallo stato febbricitante. Al fine di accelerare la guarigione, Udalrico gli aveva propinato della malva e del vino di lavanda, che erano serviti a lenire il bruciore alla gola e i dolori alle ossa.

Il miniaturista tuttavia non appariva affatto sollevato. Dopo ore trascorse a fissare il vampeggiare del fuoco tra il sonno e la veglia, parve notare d'un tratto l'andirivieni dell'erborista per il laboratorio e, rizzando il capo contro lo schienale dello scranno su cui sedeva, sospirò: «Avrò visto o sognato?».

«Eh?» fece l'erborista, quasi gli fosse appena stato descritto il sintomo di una malattia.

Il giovane monaco attese d'averlo di fronte. «È qualcosa che mi è successo mentre ero segregato nella cripta» rispose. «Qualcosa che non so come spiegare.»

«Se l'hai visto coi tuoi occhi, udito con le tue orecchie, o anche solo immaginato con la tua mente, allora stai pur certo che riuscirai a spiegarlo» lo incoraggiò Udalrico.

«È... difficile.»

«Perché sei spossato. Riposa. Sarò pronto ad ascoltarti più tardi.»

«No!» fremette Adamantius. «Ho atteso fin troppo. Il pensiero mi tormenta dal mattutino.»

«In tal caso, liberatene.»

Così dicendo, l'erborista fece comparire da una manica della tonaca un sacchetto di pelle sigillato con un laccio. L'aprì, ne estrasse due stigmi di fiori essiccati e, dopo averne messo in bocca uno, porse l'altro al confratello.

«Cos'è?» domandò il miniaturista.

«Se non te ne rivelerò il nome» rispose Udalrico, sibillino, «tu non potrai mai confessare d'averlo mangiato.»

A quel punto Adamantius era troppo curioso per rifiutare e, dopo un attimo di esitazione, prese il fiore e iniziò a masticarlo.

«E adesso racconta» lo invitò l'erborista.

«Nella cripta, ai rintocchi del mattutino» rivelò il monaco, «ho udito dei passi. In principio umani, poi simili allo zampettio di un animale.»

Un bagliore oscuro attraversò lo sguardo di Udalrico. «Ne sei sicuro?»

«Non sono sicuro di nulla» mormorò Adamantius, mentre continuava a ruminare nell'attesa che lo stigma liberasse i suoi misteriosi effetti. «Te l'ho detto, più ci penso e più credo d'aver sognato.»

«Soltanto un rumore?»

«Magari fosse stato così! Perché quel che ho intravisto nel buio mi fa ancora accapponare la pelle.»

«Se vuoi che t'aiuti devi parlare» lo spronò Udalrico.

Il miniaturista dubitava che l'interesse del confratello scaturisse da un sentimento di altruismo. Era curiosità, piuttosto, quella che scorgeva nelle sue iridi... Iridi che d'un tratto gli apparvero d'un verde cangiante, simile ai riflessi di uno smeraldo. Dopo averle fissate per un po', Adamantius spostò l'attenzione verso il braciere, accorgendosi con meraviglia che anche i colori del fuoco erano più intensi. «Ho visto...» disse in un crescendo di lucidità. «Ho visto gli occhi di un lupo.»

L'erborista parve sul punto di proferire un commento, ma si morse un labbro.

«E poi» continuò il giovane monaco, «quelli di una fanciulla.»

«Una fanciulla?» fremette Udalrico.

Adamantius annuì.

«E ti ha detto nulla?»

«Nulla.»

Come unica reazione, l'erborista gli batté una mano sulla spalla e si allontanò.

«Ebbene?» protestò il miniaturista. «Sarebbe questo l'aiuto che intendi offrirmi?»

Non ottenendo alcuna risposta, si voltò oltre lo schienale e scorse la sagoma di Udalrico ferma davanti al tavolo da lavoro, con le mani appoggiate sul ripiano.

«Mi hai sentito?» insistette Adamantius.

«Fin troppo bene» sentenziò il confratello con improvviso tono sepolcrale. «Hai visto e non vuoi credere.»

«Non insinuerai che...»

«Che i demoni esistono?» trasecolò Udalrico. «Dimmelo tu! *Non avrai altro dio all'infuori di me*, recitano le

Tavole dell'Alleanza. Ergo, esistono altri dèi! Dèi albero, dèi bestia e *dominae sylvaticae* che i popoli pagani conoscono molto bene. Dèi che, giuro su Dio, nei tempi lontani in cui vissi in Frisia sentii sussurrare tra le oscure fronde dei boschi.»

Il miniaturista sapeva bene a cosa alludeva il confratello. Al pari di tutti i giovani monaci di Fulda, provava un enorme fascino per le storie di quel monaco che, ancora novizio, aveva viaggiato nel Nord per evangelizzare insieme a dei padri missionari le genti barbare. E conosceva pure le voci secondo le quali Udalrico fosse tornato da quell'esperienza profondamente cambiato. La maggior parte dei suoi compagni di viaggio erano andati incontro al martirio, finendo uccisi in modi indescrivibili, mentre lui e pochi altri erano riusciti a fuggire soltanto dopo aver convissuto a lungo con le tribù dei druidi.

«Non nego l'esistenza dei demoni» disse Adamantius. «Ma riconoscerai che mi sia difficile ammettere d'essermene trovato uno di fronte.»

«Un *werwulf* non è un demone» precisò l'erborista, sempre più cupo. «È un uomo tramutato in bestia dalla magia di tre demoni femmina. Demoni che gli antichi chiamavano Parche.»

«So quel che pensi» confermò il miniaturista. «Me ne ha parlato Gotescalco, eppure non riesco ancora a capacitarmi che sia reale.»

Il confratello lo scrutò in tralice. «Perché dubiti?»

«Perché conosco anch'io la leggenda del *garou*, l'essere metà uomo e metà lupo. Conosco pure la sua fama di divoratore insaziabile, che lo spinge a uccidere e a sbranare qualsiasi essere vivente. Ed è proprio questo particolare che mi lascia perplesso.»

Per la prima volta Udalrico abbozzò una smorfia di stupore.

Adamantius annuì per confermare l'intuizione che gli leggeva sul volto. «La bestia che tu ritieni sia penetrata a Fulda *non ha divorato nessuno*. A parte gli squarci che presentano sulla gola e sul petto, le sue vittime sono integre.»

«Intendi dire che non si tratta di un *werwulf*?»

«Intendo dire che, chiunque sia il responsabile degli omicidi, non ha scelto le proprie vittime a caso.»

«Vittime designate...» mormorò l'erborista, accarezzandosi il mento, finché d'un tratto batté un palmo sul tavolo. «Sicuro! Ecco a cosa servono i segni praticati sotto le unghie dei cadaveri! Sono un *signum* perché il *werwulf* riconosca chi deve uccidere! Anche Thioto li aveva, ho verificato!»

«Segni?» ripeté il miniaturista, confuso.

Udalrico annuì. «Segni praticati con uno spillone, probabilmente. Uno strumento che le Parche usano per pungere i mortali, al fine di renderli loro schiavi, di maledirli o di farli sprofondare nel sonno.»

Adamantius non era certo di poter prestare fede a tutto quel che diceva il confratello. Più lo guardava e più coglieva in lui un'esaltazione, o forse un arcano timore, che gli conferiva un'aria da ossesso. «Forse» cercò di sviarlo da quelle che iniziavano a sembrargli delle farneticazioni, «dovremmo rivolgere la nostra attenzione a cosa possa aver significato la morte di Ratgar e di Thioto per l'omicida» propose, pronunciando con enfasi l'ultima parola per sottolineare la sua perplessità riguardo al fatto che i delitti fossero stati commessi da una creatura dissennata.

«Ratgar sorvegliava la porta meridionale delle cinta...» rimuginò l'erborista. «Mentre Thioto era il guardiano della piccionaia... Quale nesso potrebbe mai esserci tra quei due?»

Il miniaturista sentiva d'avere la risposta davanti agli occhi, ma più si sforzava di capire e più gli pareva di allontanarsi dalla verità. Sempre più lucido e sicuro di sé grazie allo stigma che aveva masticato, richiamò alla memoria la notte del ritrovamento del primo cadavere. Rivide il corpo di Ratgar accasciato dentro la barca, poi la sagoma di Thioto che fuggiva via. E d'un tratto si sentì cadere tra le mani un tassello del mosaico. «Tutti e due svolgevano compiti che li mettevano a contatto col mondo esterno» osservò.

Udalrico fece cenno di non aver capito.

«Ratgar aveva rapporti con i viandanti in transito e con la gente della *Villa Fuldensis*» specificò il giovane monaco. «Thioto invece leggeva tutti i messaggi recapitati dai piccioni. Nel nostro cenobio erano tra i pochissimi privilegiati, in sostanza, a tenere lo sguardo rivolto verso ciò che succedeva fuori dall'abbazia.»

«Ma allora...» sussurrò l'erborista.

Adamantius si alzò dallo scranno. «Allora» dichiarò mentre le coperte che l'avvolgevano scivolavano a terra, «sono morti per aver visto qualcosa fuori dall'abbazia. Qualcosa che probabilmente deve nascondersi nella *Villa Fuldensis*. Dove tutto è iniziato!»

25

In quello stesso momento Rabano stava facendo ingresso nella *Villa Fuldensis* insieme a Sturmio e a un pugno di armigeri. La neve cadeva con minor intensità e pure il vento si era quietato, ma una coltre di nubi grigie continuava a coprire il cielo alla guisa di una sopita minaccia.

Seduto in sella al suo baio più bello, l'abate salutò con un cenno i pochi villani giunti ad assistere alla sua venuta, permettendo alle donne e ai bambini di sfiorargli i lembi del mantello e i piedi infilati nelle staffe. Detestava quelle primitive forme di devozione, ma le accettava perché significavano rispetto. E come aveva ben appreso dalle diatribe tra l'imperatore e i suoi figli ribelli, non si poteva governare in assenza di rispetto.

Sturmio gli cavalcava al fianco, avvolto nel suo mantello di pelliccia bruna e con gli occhi intenti scrutava a destra e a manca, quasi si aspettasse un agguato. «Ancora non capisco» grugnì d'un tratto. «Perché mi hai portato qui?»

«Perché qui hanno avuto inizio i delitti» rispose con fermezza l'abate. «E tu, un giorno fa, ti sei offerto di indagare su di essi.»

Il generale gli rivolse un sorriso carico di diffidenza. «L'altro giorno non mi eri parso così condiscendente.»

«Le cose cambiano» minimizzò Rabano, mentre faceva strada verso lo spiazzo che ospitava le due taverne. «E anche le opinioni degli uomini.»

A dispetto delle abbondanti nevicate, il terreno in quel punto era completamente scoperto, dominato dai resti carbonizzati di un immenso falò che veniva ravvivato ogni notte. Degli uomini dell'esercito non c'era traccia. L'abate li immaginò intenti a ronfare ubriachi dentro gli edifici circostanti, su giacigli altrui, dopo aver costretto gli abitanti a ritirarsi nei fienili.

«Hai detto qualcosa?» domandò Sturmio, come se avesse fiutato il disprezzo del religioso.

«Quel che dovevo dire l'ho già espresso» replicò Rabano. «Ora spetta a te, generale.»

Erano giunti dinanzi al canale sul quale era stato trovato il cadavere di Ratgar. La luce diafana che filtrava dalle nuvole si posava sopra la sua superficie, conferendogli l'aspetto di una abnorme lingua ghiacciata.

Sturmio smontò dal cavallo e si avvicinò alla riva. «Farò quel che dici, abate» esclamò con tono d'accusa, mentre osservava svogliatamente il paesaggio. «Anche se ho il sospetto che tu, facendomi perdere tempo in questo porcile, voglia tenermi lontano dall'abbazia.»

26

«Soccorso! Soccorso!» gridavano le voci.

Domandandosi cosa potesse mai essere capitato, padre Formosus si affrettò a scendere le scale che collegavano il coro della basilica alla sacrestia. Compito affatto semplice per via della sua pinguedine, che lo costringeva a tenere sollevato con una mano l'orlo della tonaca fino alle ginocchia per non inciampare su di essa, mentre con l'altra reggeva una lucerna.

«Soccorso! Soccorso!» insisteva la richiesta d'aiuto.

«Santi numi!» esclamò il sacrestano, trafelato, affinché la sua voce lo precedesse. «Sto arrivando! Abbiate pazienza!»

Giunto al termine della discesa, non capitombolò per un soffio sull'ultimo gradino.

Lupo e Walfrido lo attendevano al centro dell'ambiente, con gli stracci ancora in mano e i volti atterriti.

«Ebbene?» li interrogò Formosus, mentre riprendeva fiato.

«Un fatto gravissimo!» dichiarò l'alemanno.

«Di cui non abbiamo assolutamente colpa» sottolineò il borgognone.

Il sacrestano si guardò intorno. «Avete rovinato un oggetto di valore?» replicò. «Ammaccato un calice? Rotto un vetro smaltato?»

«Peggio, peggio!» rincarò la dose Walfrido.

«Oh, per san Bonifacio!» s'infiammò Formosus. «Volete spiegarmi sì o no?»

«Riguarda il nostro confratello» si decise a chiarire Lupo.

Rammentandosi d'un tratto che i monaci in castigo dovevano essere in tre, il sacrestano scrutò con maggior attenzione fra le ombre. «Dov'è finito?»

«È scappato» rispose Walfrido.

«In che senso scappato?»

«Nel senso» continuò l'alemanno «che si è stancato di starsene qui a lucidare monili e se n'è andato.»

«Noi gliel'avevamo detto» soggiunse Lupo «di non commettere idiozie. Ma lui nulla, lo stolto. Era fuori di sé e non ci ha voluto dare retta.»

«Fuggito?» continuava a ripetere Formosus. «Ma com'è possibile? L'accesso alla sacrestia è guardato da due armigeri! Li ho appena visti prima d'imboccare le scale.»

«Eh» sospirò Walfrido con una punta d'ammirazione. «Il nostro Gotescalco sa il fatto suo.»

Lupo annuì. «Sarà passato alle loro spalle senza farsi notare.»

Il sacrestano era fuori di sé. «È... è... inaudito!» sbottò. «Perché non l'avete fermato?»

«Con quelle due braccia muscolose che si ritrova?» ribatté il borgognone. «Se ci fossimo azzardati, lui ci avrebbe sopraffatti in un *amen*.»

«A onor del vero io ci ho provato» confessò Walfrido, alzando le mani. «Ma lui mi ha spinto a terra.»

Più Formosus ascoltava, più il suo volto a forma di luna piena s'imperlava di sudore. «Bisogna ritrovarlo subito» disse, rivolgendosi più a se stesso che ai due monaci. «Prima che l'abate se ne accorga.»

«Giusto!» annuì Lupo.

«Si capisce!» fece l'altro.

«Anche se...» continuò a mormorare il sacrestano, «dove lo vado a cercare?»

«Be', noi una vaga idea di dove si sia cacciato ce l'abbiamo» gli suggerì Walfrido. «Ma per fare prima, dovremmo accompagnarvi.»

«Con gli armigeri, s'intende» aggiunse il borgognone. «Sennò, una volta trovato, chi lo ferma quell'energumeno?»

Formosus rifletté per un istante, osservando ora l'uno, ora l'altro i due giovani confratelli. I suoi piedi, nel frattempo, battevano ritmicamente il suolo, tradendo l'ansia di voler rimediare il prima possibile a quel guaio. «Orsù, muoviamoci!» esclamò d'un tratto, mentre puntava la lucerna verso l'ingresso delle scale. «Ma mi raccomando, voi due! Restate sempre accanto a me.»

Soltanto quando se ne furono andati, un'ombra sbucò da dietro un *armarium* collocato accanto a una parete della sacrestia.

Gotescalco attese ancora un momento, ascoltando i passi dei suoi compagni e di padre Formosus che risalivano in fretta verso la superficie. Poi, una volta che fu tornato il silenzio, si convinse che l'inganno era riuscito.

Ora poteva *davvero* uscire.

27

Il portone dell'erboristeria si spalancò con una tale violenza che Adamantius e Udalrico sobbalzarono per lo spavento.

«Tu?» esclamò il miniaturista, dopo aver riconosciuto la sagoma sulla soglia. «Cosa ci fai qui?»

«Sono venuto a metterti in guardia» rispose Gotescalco. «Anzi...» rettificò, lanciando un'occhiata titubante in direzione dell'erborista, «a mettere in guardia tutti e due.»

Adamantius, che a dispetto della febbre versava ancora in uno stato di lucida alterazione, squadrò l'amico, trovandolo paonazzo e imperlato di sudore. Doveva aver corso, suppose. «Mettermi in guardia su quale minaccia?» domandò.

«Sull'abate!» esclamò il sassone, chiudendo dietro di sé il battente. «È al corrente di tutto, capisci? Deve esserlo!»

«Calmati» lo invitò il miniaturista. «Cosa avrebbe fatto l'abate?»

Gotescalco scrutò di nuovo l'erborista, rintanandosi senza proferir verbo in un angolo ad ascoltare, quindi vinse l'esitazione e rispose: «Conosce la verità sui delitti di Ratgar e di Thioto».

L'amico inarcò un sopracciglio. «Come puoi asserirlo?»

«Ci ha perdonati troppo in fretta» spiegò il sassone. «Fidati di me. Io so bene cosa significhi subire un suo interrogatorio dopo aver commesso un'infrazione. E considerata la gravità dei fatti in cui siamo coinvolti, quella che abbiamo sostenuto stamane è stata, al confronto, un'amena chiacchierata.»

In un altro frangente Adamantius si sarebbe sforzato di ponderare quelle parole con maggior disposizione d'animo. Nello stato in cui si trovava, tuttavia, le interpretò come una pura e semplice manifestazione d'ingratitudine verso Rabano. «E tu» l'ammonì «saresti sgattaiolato fuori dalla sacrestia soltanto per dirmi questo?»

Gotescalco abbassò gli occhi, improvvisamente a disagio.

«Non l'ha fatto soltanto per questo» s'intromise Udalrico. «Ma anche perché sospettava di me, non è vero?»

Il sassone ritrovò di colpo la sua determinazione. «Sì» rispose, stringendo i pugni. «Intendevo sincerarmi che non fosse stato fatto del male a Adamantius.»

«Per quale ragione il padre erborista avrebbe dovuto farmene?» ribatté il miniaturista.

«Perché mi crede il responsabile degli omicidi» disse Udalrico, per poi osservare Gotescalco in attesa d'un cenno di conferma.

Nel rispondere, il sassone diede un'indubbia prova di coraggio. Mai come allora, infatti, l'espressione e la voce dell'erborista erano parse tanto minacciose. «È così» sentenziò. «Mentre ero rinchiuso in sacrestia coi miei amici, ho riflettuto sul comportamento dell'abate, ma anche sulla storia del *werwulf*. Una storia che hai avvalorato tu, saggio Udalrico, e della quale forse potresti esserti servito per sviare i sospetti da qualcuno che ti è vicino... se non addirittura dalla tua stessa persona!»

L'erborista scoppiò in una risata sardonica. «Be'» ghignò. «Come puoi constatare, caro Gotescalco, il tuo confratello è sano e salvo.» E senza attendere commenti, afferrò un attizzatoio e ravvivò le braci, incurante del vampeggiare rossastro che si rifletteva sul suo volto.

Fu quello il momento in cui Adamantius ebbe più paura. Il momento in cui ignorava ancora fino a che punto il suo amico si fosse avvicinato alla verità, e durante il quale iniziava a scorgere in Udalrico una natura ignota, quasi ermetica, come se l'erborista fosse tornato ai tempi della Frisia. Tempi in cui aveva vissuto coi druidi e assistito a riti inenarrabili.

«Non sono io il mostro che cerchi» aggiunse Udalrico, sempre rivolto a Gotescalco. «Io non uccido, non ucciderei mai. Ho assistito a fin troppe morti nella mia giovinezza. Ma per dirla tutta...» e a quel punto le sue iridi sembrarono recuperare la loro saggezza, «hai ragione sul conto dell'abate. Oggi Rabano è stato molto sbrigativo. Aveva l'aria di voler chiudere in fretta il colloquio, quasi gli stesse a cuore una faccenda più urgente.»

«Non credere che puntare il dito su qualcun altro sia sufficiente a farti apparire sotto una buona luce» gli fece presente il sassone.

L'erborista si strinse nelle spalle. «Lungi da me il volerti sviare» precisò. «Il mio era soltanto un invito a prendere in considerazione altre possibilità.»

«Non starai accusando anche tu l'abate!» esclamò Adamantius.

«Sto semplicemente valutando l'ipotesi di Gotescalco» chiarì Udalrico. «Cioè che Rabano, con i suoi modi insolitamente sommari, stia nascondendo a noi tutti delle informazioni relative agli omicidi.»

«Se non l'identità stessa dell'omicida» propose il sassone. «Il che spiegherebbe perché sua grazia abbia subito scagionato me, Adamantius, Lupo e Walfrido dalle accuse di Eigil» e dopo aver meditato un istante, proseguì: «Non escludo però che Rabano ci ritenga in pericolo. Ecco perché avrebbe rinchiuso tre di noi nella sacrestia e affidato Adamantius alle cure personali di Udalrico».

«In effetti...» annuì l'erborista, «i monaci afflitti da infermità vengono ricoverati in una cella collegata al *dormitorium*. Di norma, sarebbe il padre *infirmarius* a occuparsi di loro e a procurarsi i medicamenti necessari presso il mio laboratorio. È la prima volta che mi viene dato in custodia un malato.»

«Fosse anche vero» intervenne il miniaturista, «perché mai l'abate dovrebbe crederci in pericolo?»

«Forse per qualcosa che abbiamo visto» fece Gotescalco.

«Ossia?»

«Lo ignoro» dovette ammettere il sassone. «Ma essendoci trovati per ben due volte in luoghi in cui si erano appena consumati degli omicidi, abbiamo forse assistito inconsapevolmente a qualcosa di importante. Alla *Villa Fuldensis*, per esempio: rammenti la folla radunatasi davanti al cadavere di Ratgar? Se fra tante persone ci fosse stato anche l'assassino e ora temesse di poter essere riconosciuto da uno di noi?»

«Ha senso» mormorò Udalrico. «Dopotutto, è ben noto che un *werwulf* possa riacquistare all'occorrenza le sue sembianze umane.»

«Se Rabano conoscesse l'assassino l'avrebbe già fatto arrestare» sottolineò Adamantius, ignorando di proposito l'uscita dell'erborista.

«A meno che non sia suo complice» obiettò Gotescalco.

«Non dire bestialità» lo zittì il miniaturista.

«Oppure l'assassino è il generale Sturmio o uno dei suoi armigeri» continuò il sassone. «E Rabano, pur essendone al corrente, si fa riguardo di denunciare degli uomini fedeli all'imperatore.»

«Stiamo divagando» intervenne Udalrico. «Si parlava di qualcuno che avreste visto da qualche parte.»

Entrambi gli amici lo fissarono basiti. L'erborista pareva aver ritrovato la sua criptica mansuetudine e, come se se si fosse dimenticato delle accuse che gli erano state rivolte, stava coi gomiti appoggiati sul tavolo da lavoro, immerso in chissà quali meditazioni.

«Qualcuno... o qualcosa» ipotizzò Gotescalco riprendendo l'argomento.

«Forse nella colombaia?» domandò l'erborista, fingendo di non cogliere una sua occhiata sospettosa.

Adamantius scosse il capo. «Ci siamo stati per troppo poco tempo. Sarebbe stato impossibile notare qualcosa che non fosse lo sterco di piccione.»

«Allora dove?» s'innervosì il sassone.

«Lo studiolo!» esclamò d'un tratto Udalrico.

I due lo scrutarono di nuovo, in un crescendo di curiosità.

«Lo studiolo dell'abate!» precisò l'erborista, in preda a una strana euforia. «Vi ricordare con quanta fretta Rabano ha sistemato le carte che gli erano cadute a terra?»

«Quando ha fatto rovesciare il leggio, sì» confermò il miniaturista, sempre più confuso. «E allora...?»

Udalrico batté le mani. «Allora scommetto che la prova che cercate è tra quelle benedette carte.»

«Perché mai?» intervenne Gotescalco. «Tu cerchi di sviarci! Io non rammento d'aver visto nulla di particolare in mezzo a quelle scartoffie.»

«Magari non è ciò che avete visto» insistette l'erborista, «ma ciò che Rabano *pensa* che voi possiate aver visto. Se accettiamo questa premessa *ab absurdo*, l'incognita cui accennate potrebbe riguardare un particolare che l'abate vuole mantenere segreto a tutti i costi. Un particolare che, nel timore possiate divulgarlo, l'avrebbe indotto a isolarvi in luoghi sicuri.»

Benché restio ad attribuire a Rabano un comportamento così losco, Adamantius dovette ammettere che quel ragionamento filava. Allo stesso tempo, però, ebbe il sentore che l'erborista fosse riuscito a intuire un'altra parte del mistero. «Spiegati meglio» lo pregò pertanto.

Ma Udalrico accennò un rapido diniego. «Non c'è tempo!» disse, mentre si avvicinava all'uscio. «In questo momento l'abate è fuori dall'abbazia. Approfitterò della sua assenza per entrare nel suo studiolo e verificare le mie ipotesi... E se ho ragione...» sorrise. «Se ho ragione, ben presto vi pentirete d'avermi creduto capace di uccidere dei miei confratelli!»

Dopodiché aprì il battente e si dileguò nel turbinare nevoso del chiostro.

28

Con le teste affondate nei loro cappucci, Lupo, Walfrido e Formosus si stavano aggirando da circa mezz'ora lungo le cinta meridionali dell'abbazia, seguiti dai due armigeri che avrebbero dovuto trovarsi di ronda all'ingresso della sacrestia.

«Inizio ad averne abbastanza!» protestò il sacrestano, intento a fregarsi le mani per combattere il gelo.

L'alemanno fu tentato di dargli ragione. Nella foga di farlo allontanare dalla basilica per favorire la fuga di Gotescalco, non si era curato di recuperare il suo mantello e il suo prezioso berretto di martora, e nemmeno di agire secondo un piano ben preciso. Dopo le cucine e il *dormitorium*, lui e Lupo avevano semplicemente ritenuto opportuno prolungare la pantomima, dirigendosi verso lo stabbio del porcaro.

«Siete sicuri» protestò Formosus «che il vostro amico si sia diretto da queste parti?»

«Più che sicuri» mentì il borgognone. «Deve aver recuperato i suoi averi e raggiunto un passaggio tra le palizzate per recarsi alla *Villa Fuldensis*.»

«Qui non ci sono passaggi» obiettò un armigero, osservando le recinzioni.

«Dev'essere più a ovest» prolungò l'inganno Walfrido, mentre si sforzava di non battere i denti. «Credo dovremmo spostarci in quella direzione.» Il secondo uomo d'arme scosse il capo. «Sarebbe inutile» disse. «Se il vostro confratello si trovasse nei dintorni, l'avremmo già visto.» Dopodiché rivolse un cenno d'intesa al sacrestano, che annuì.

«Le ricerche sono concluse» dichiarò Formosus. «È il momento di ritirarci nel chiostro e attendere al caldo il ritorno dell'abate.»

«Ma padre...» tentò d'insistere Lupo.

Il sacrestano non lo degnò neppure di uno sguardo. Con gli occhi puntati verso il basso per opporsi alle folate di vento ghiacciato, iniziò a mettere un piede davanti all'altro in direzione del cenobio, senza curarsi che gli altri lo seguissero. E ai due amici non restò che muoversi nella sua stessa direzione, condividendo la speranza che Gotescalco avesse già adempiuto al suo compito.

Non erano ancora penetrati sotto uno dei loggiati perimetrali del complesso quando videro due monaci avvolti in sontuosi piviali intenti a confabulare sotto un'arcata. Erano Eigil e il bibliotecario Verinarius. Parevano assai presi dai loro discorsi, ma non appena il priore incrociò gli sguardi di Lupo e di Walfrido, chiuse in fretta la conversazione e si diresse a lunghe falcate verso di loro.

«Padre Eigil» lo salutò Formosus, osservando nel frattempo la sagoma del bibliotecario che spariva fra le colonne. «Cosa ci fai sotto la neve?»

«Potrei rivolgere la stessa domanda a te» replicò il priore con sforzata giovialità, per poi soffermare lo sguardo su Lupo e Walfrido. «Anzi, te la pongo: come mai stai vagando con queste pecorelle smarrite per la corte?»

«Stavo giusto per andarlo a spiegare all'abate» rispose il sacrestano, evasivo, mentre accennò a voler proseguire verso gli archi del loggiato.

Eigil gli sbarrò il passo. «Sbaglio o i due monaci che ti porti appresso dovrebbero essere rinchiusi?»

«Come ti ho appena detto» ribadì Formosus con una nota d'irritazione, «si tratta di una faccenda che intendo discutere con il venerabile Rabano.»

«Sua grazia non c'è» puntualizzò il confratello, «è ancora in visita presso la *Villa Fuldensis* con gli uomini dell'imperatore. In altre parole, dovrai spiegare a me.»

Lupo e Walfrido, che erano rimasti in silenzio alle spalle del sacrestano, si scambiarono un'occhiata atterrita. Se il priore li avesse interrogati, ci avrebbe messo un istante a scoprire il loro imbroglio, infliggendogli una punizione ben più severa dello spolverare gli ori dell'abbazia. Senza contare le conseguenze destinate ad abbattersi su Gotescalco, che aveva bisogno di agire indisturbato per smascherare il responsabile dei delitti.

E fu proprio per evitare un simile incidente che d'un tratto l'alemanno si fece coraggio e prese parola. «Padre Formosus non ha bisogno di rendere conto a nessuno» dichiarò in direzione di Eigil. «È un monaco di sangue nobile, proprio come voi. E sia io che il mio confratello siamo sotto la sua autorevole custodia.»

«Ah, davvero?» motteggiò il priore, fulminandolo con lo sguardo.

«Sono sicuro che l'abate sarebbe della stessa opinione» intervenne il borgognone, con l'espressione di chi si è già pentito di quanto ha appena detto.

«Lupo di Ferrièrs!» lo apostrofò Eigil. «Da te non mi sarei mai aspettato una simile mancanza di rispetto.»

«E il rispetto che tu, Eigil, dovresti mostrare a me?» s'innervosì Formosus, assumendo una posizione impettita che rendeva ancor più ridicola la sua corpulenza. «In fin dei conti questi giovani monaci hanno affermato il vero. Io e te siamo pari di grado in questa comunità. A te spetta vigilare sull'osservanza delle regole e a me sulla sacrestia, ossia il sacello che contiene i tesori più preziosi e le reliquie più sacre di Fulda. Perché, dunque, ti rivolgi a me come se io fossi un tuo sottoposto?»

Il priore arretrò d'un passo. «Tu non sei al corrente dei fatti in cui sono coinvolti questi due» sentenziò a sua difesa.

«L'abate li ha affidati a me e tanto mi basta» lo rintuzzò il sacrestano.

I due amici però non si azzardarono a sentirsi ancora al sicuro. Eigil continuava a fissarli con la bramosia di una fiera davanti alle prede.

Finché Formosus, con un gesto che a prima vista parve amichevole, aggiunse: «Se d'altro canto ritieni di dover appianare una qualche divergenza con questi monaci, non sarò certo io a impedirtelo. Rechiamoci pertanto alla residenza abbaziale. Rabano non tarderà a lungo, immagino, e non appena avrà fatto ritorno sarai libero di esporre davanti a lui e a noi tutti le tue ragioni».

A quelle parole, il priore mostrò un attimo di titubanza. «No» disse, mentre indietreggiava di un altro passo. «Non ce ne sarà bisogno.» E prima di congedarsi, aggiunse a denti stretti: «Ma ricorda, Formosus, tua sarà la colpa delle conseguenze che si abbatteranno sul nostro cenobio».

29

«Cosa avrà mai intuito Udalrico?» si domandò Adamantius.

«Forse nulla» si strinse nelle spalle Gotescalco. «Forse è davvero il colpevole e, pur di giustificarsi, è caduto vittima della sua stessa finzione. Oppure era talmente ansioso di dimostrare la propria innocenza che si è attaccato alla prima idea strampalata che gli è saltata in mente.»

«Rammenta che stai parlando di un sapiente.»

«Un sapiente superstizioso.»

Il miniaturista sedette davanti al braciere. La spossatezza iniziava a tornare, e insieme a essa il senso di ottundimento che gli annebbiava i pensieri. «Io credo d'aver visto» mormorò d'un tratto. «Visto davvero.»

«A cosa ti riferisci?»

«A ciò cui ha alluso l'erborista. Il *werwulf* e le Parche. Una di loro, per lo meno.»

«Tu non stai bene» gli rammentò il sassone.

«Udalrico mi ha propinato dei fiori essiccati per restituirmi la lucidità» replicò Adamantius. «Grazie alle loro proprietà sono riuscito a ricordare.»

«E se quei fiori, invece, ti avessero provocato delle allucinazioni? Se ti avessero confuso la mente anziché schiarirla?»

Il miniaturista stava già per abbozzare un diniego quando si rese conto dell'espressione preoccupata di Gotescalco. Si stava comportando da ingrato, pensò. Prima l'aveva accusato di calunniare l'abate e ora preferiva dar credito alle leggende di Udalrico piuttosto che ai suoi ragionamenti.

Ragionamenti sensatissimi, per giunta. Sinora il figlio del conte Bernone non aveva fatto altro che seguire i fatti e la logica, senza aver timore di esporsi in prima persona in nome del loro rapporto d'amicizia.

Eppure..., meditò Adamantius, per poi fugare i dubbi che lo tormentavano. «A ogni modo» tagliò corto, «Udalrico ci sta mettendo troppo tempo.»

Gotescalco si mostrò d'accordo. «Vado a controllare» disse, muovendosi verso la porta.

«Sei impazzito?» esclamò il miniaturista. «Se ti scoprono, si accorgeranno che sei uscito dalla sacrestia...»

Il sassone abbozzò un sorriso amaro. «Temo, ormai, ci siano in gioco questioni molto più importanti rispetto a quel che potrebbe succedere a me, o a te.»

E dopo averlo fissato con l'intensità di chi raccomanda una persona cara al Signore, uscì all'aperto.

30

Il chiostro era una distesa lattiginosa circondata dalle ombre a mezzaluna dei loggiati. Gotescalco fece appena in tempo a mettervi piede che, in quel biancore quasi abbacinante, scorse la sagoma sbilenca di un confratello avanzare sotto lo sfarfallio della neve.

Era troppo distante per distinguere chi fosse ma, colto da un presagio, il giovane monaco gli corse incontro. Mancavano gli ultimi dieci passi per raggiungerlo quando lo vide cadere bocconi.

«No!» gridò il sassone, gettandosi in ginocchio al cospetto dello sventurato.

Per prima cosa notò i tre squarci che gli laceravano la tonaca e la carne in mezzo alla schiena. Poi voltò con delicatezza il corpo e riconobbe Udalrico, ancora vivo, con il petto deturpato da tre altre ferite, la più profonda delle quali aveva aperto la base del collo.

Diviso tra l'orrore e la disperazione, Gotescalco tentò di arrestare la fuoriuscita del sangue dalla carotide. Ma la mano dell'erborista si posò debolmente sulle sue, per dissuaderlo a opporsi all'inevitabile.

«Perdonami, ti prego...» pianse il sassone, senza staccare i palmi dalla carne viscida e rossastra. «Mi dispiace di aver dubitato della tua innocenza... Mi dispiace...»

Udalrico lo fissava con gli occhi sbarrati. Boccheggiava come un pesce fuori dall'acqua, mentre le sue dita, ora, si protendevano tremule in avanti.

In principio Gotescalco lo credette un gesto d'assoluzione.

Poi si rese conto che il confratello gli stava mostrando qualcosa.

Fece quindi per chiedergli spiegazioni, ma prima di poter formulare la domanda che aveva fatto breccia nella sua mente si accorse che era troppo tardi.

Benché le iridi dell'erborista fossero ancora fisse su di lui, avevano perso la luce che solo Dio, nella sua infinita grazia, dispensa e toglie a ogni creatura mortale.

Non molto lontano, Rabano fece ritorno alla sua residenza privata, accorgendosi all'istante che qualcuno vi era penetrato.

Gettò a terra il mantello e corse immediatamente verso lo scrittoio, frugando tra le carte riposte sopra di esso.

«Meo Domine» pregava nel frattempo, «fa che nessun altro dei miei figlioli abbia dovuto pagare con la vita...»

31

Opponendosi alla debolezza che cresceva a ogni istante, Adamantius si alzò in piedi e camminò verso l'u-
scita dell'erboristeria, deciso a raggiungere Gotescalco. Ma, aperto il battente, indietreggiò per lo stupore.

Il sassone era immobile sulla soglia, col volto pallido e le mani imporporate di sangue.

«Per san Gabriele!» si segnò il miniaturista. «Cosa
ti è successo?»

Benché Gotescalco gli stesse perfettamente di fronte,
il suo sguardo sembrava perso chissà dove, risucchia-
to nel baratro di un incubo. «Udalrico...» si limitò a rispondere con un filo di voce.

Adamantius si spostò di lato per guardare oltre di
lui, verso l'esterno, ma l'amico si rianimò di colpo e ri-
chiuse il portone dietro di sé.

«Non era lui il colpevole» rivelò Gotescalco. «È stato ucciso allo stesso modo di Ratgar e di Thioto. Da dei
colpi d'artiglio, capisci?» e quasi che le forze l'avessero
abbandonato, fece scivolare la schiena contro il battente per ritrovarsi seduto a terra. «Prima alle spalle, come
se l'assassino l'avesse inseguito... e poi sul davanti.»

Il miniaturista non credeva alle proprie orecchie. «E dove sarebbe... successo?»

«Qui fuori, a pochi passi» disse il sassone, intento a osservare i palmi scarlatti. «Il suo corpo giace in mezzo al chiostro.»

«Dunque...»

Gotescalco annuì. «Chi gli ha dato la morte non può essere lontano.»

«Non intenderai dargli la caccia!» sobbalzò Adamantius.

Un lampo di audacia attraversò gli occhi di Gotescalco, come se finora il sassone non avesse preso in considerazione quell'eventualità. Infine scosse il capo. «Intendo scoprire di chi si tratta. Udalrico mi ha lasciato degli indizi.»

«Ovvero?»

«Le sue dita» rispose Gotescalco.

«Cosa avevano le sue dita?»

«Innanzitutto» rivelò, «nessuna di esse aveva sotto le unghie i segni trovati sulle altre vittime.»

«Ne sei sicuro?»

Il sassone annuì. «Ho potuto guardarle da vicino.»

«E poi?» lo spronò Adamantius, intuendo che ci fosse dell'altro.

«Quelle della sua mano destra» rispose Gotescalco. «Erano sporche di una sostanza grigiastra. Quando le ho viste ci ho messo un attimo per realizzare cosa significasse quel particolare, poi mi sono rammentato di quel che poco fa avevi detto sulla colombaia e su come Udalrico ha reagito alle tue parole.»

«Ti riferisci...» esitò il miniaturista. «Ti riferisci per caso allo sterco di piccione?»

«Precisamente» confermò il sassone. «È probabile che, prima di venire ucciso, Thioto si sia difeso, restando coinvolto in una colluttazione durante la quale molte delle gabbie dei piccioni sono andate rotte, aprendosi. Ricordi lo sterco che ricopriva il suo cadavere? È chiaro che gli uccelli se ne siano liberati mentre volavano via spaventati, lordando non solo il corpo del povero Thioto ma anche ogni oggetto intorno a lui, compreso il punto in cui egli era solito riporre i messaggi che staccava dalle zampe dei pennuti.» Fece una pausa e alzò il capo, assumendo per un attimo l'aspetto di un cervo che ascolta nell'aria un rumore sospetto, quindi aggiunse: «Ebbene, io credo che i polpastrelli e le unghie di Udalrico fossero macchiati dello stesso sterco».

«Ma Udalrico ci aveva detto di volersi recare nelle stanze dell'abate» obiettò Adamantius, «non nella colombaia.»

«Pertanto» concluse il ragionamento Gotescalco, «egli si è macchiato le dita rovistando tra le carte dell'abate.»

A quelle parole, gli occhi del miniaturista si spalancarono in un lampo di trasalimento. «Ora che ci penso... anche l'abate aveva le dita macchiate di una sostanza grigiastra!»

«Quando l'avresti visto?» fremette il sassone.

«Poco fa» chiarì Adamantius, «mentre eravamo tutti insieme nel suo studiolo. Ricordo d'aver notato il pollice e l'indice della sua mano destra. Sul momento ci ho fatto caso senza prestarvi molta attenzione, ma ora che stiamo parlando di Udalrico...»

«Ti sei reso conto che non può trattarsi di una coincidenza» continuò l'amico con tono allusivo. «Ossia, che entrambi debbano aver toccato per forza lo stesso oggetto.»

«Un messaggio!» afferrò il miniaturista. «Udalrico cercava un messaggio che Rabano deve aver prelevato dalla colombaia subito dopo la morte di Thioto e nascosto nel proprio studiolo! Un messaggio sporco dello sterco dei piccioni usciti dalle gabbie!»

Il confratello annuì. «Un messaggio che forse l'abate temeva potessimo aver visto quando abbiamo rinvenuto il cadavere.»

«E che potessimo aver riconosciuto quando gli si sono rovesciate le carte sul pavimento dello studiolo» completò Adamantius, «dal momento che era l'unico sporco in mezzo a tanti fogli candidi.»

A quel punto, però, Gotescalco si adombrò. «Non possiamo restare qui. Ben presto il corpo di Udalrico verrà notato da qualcuno e subito dopo noi verremo ritenuti responsabili della sua morte: tutti sanno che eri sotto la sua custodia; e in quanto a me, la mia fuga dalla sacrestia risulterà oltremodo sospetta. Se dovessero catturarci, stavolta nemmeno l'abate riuscirebbe a scagionarci. Senza contare che forse, pur di nascondere il suo segreto, Rabano potrebbe addirittura cambiare idea su di noi e diventare il nostro primo accusatore.»

«Dove t'illuderesti di poterti nascondere?» obiettò il miniaturista. «Nella *Villa Fuldensis*? In uno dei villaggi lungo le sponde del fiume Fulda? E i nostri amici? Che ne sarà di Lupo e di Walfrido, nel frattempo? Resteranno qui a prendersi la colpa in nostra vece?»

Frastornato da quelle terribili domande, il sassone sollevò le mani per chiedere un attimo di requie.

Subito dopo un tonfo risuonò contro il battente.

«Non aprire!» esclamò d'istinto Gotescalco.

Parole vane.

Al secondo colpo seguì infatti uno schianto di legno e di cardini divelti, e al terzo il portone crollò sotto il peso di una scure da guerra larga quanto il collo di un bove.

A impugnarla era un uomo enorme, coperto di ferro e di pelliccia.

Ma ancora più minacciosa, dietro di lui, era la sagoma di Sturmio.

32

Quando a Adamantius e a Gotescalco furono tolti i sacchi dalla testa, i due amici si ritrovarono fra le pareti d'incannucciata della foresteria. Sturmio era davanti a loro, in compagnia di tre dei suoi sgherri.

«Ne ho abbastanza d'essere preso per i fondelli» mugugnò il generale franco, come se masticasse ogni parola. «Prima quei due inutili bugiardi e poi l'abate coi suoi sotterfugi... Ora basta! Voi mi direte tutto.»

«Lasciaci andare!» lo esortò Gotescalco, mettendosi di fronte a lui senza alcun timore. «Tu non hai alcun potere sui monaci di Fulda!»

Sturmio parve apprezzare quel comportamento, e scrutò compiaciuto il giovane sassone finché, con un cenno reciso, non ordinò ai suoi armigeri d'immobilizzarlo.

«Perché ci hai rapiti?» intervenne Adamantius. Il trambusto e lo spavento l'avevano messo a dura prova, peggiorando di molto le sue condizioni di salute. Aveva i brividi per la febbre e la gola pareva un tizzone di brace, ma il peggio era il senso di spossatezza che gli rendeva difficile il semplice reggersi in piedi. «Cosa vuoi da noi?»

«Voglio la verità» rispose il generale, mentre apriva una bisaccia che teneva appesa alla cintura.

Il miniaturista seguì i movimenti delle sue dita, intente a sfilare dalla borsa uno spillone di metallo. E prima che potesse realizzare quel che stava per succedere, vide Sturmio afferrare la mano destra di Gotescalco e infilargli la punta dello strumento sotto l'unghia dell'indice.

Il sassone lanciò un terribile grido di agonia, subito soffocato da un armigero che gli tappò la bocca.

«Dimmi dov'è il *missus*!» lo interrogò il generale.

«Di quale *missus* stai parlando?» domandò Adamantius, mentre in un crescendo di pena osservava i movimenti del confratello che, in preda agli spasimi, cercava invano di liberarsi dalla presa degli sgherri.

«Non fare l'ingenuo!» sibilò Sturmio. «È da un po' che vi faccio tenere d'occhio, te e i tuoi amici, ed è impossibile che non sappiate nulla. Per difendervi, l'abate ha persino tentato di distrarmi, invitandomi a indagare nella *Villa Fuldensis*. Ma io non sono cieco e men che meno uno sciocco.» Quindi, sempre stringendo con la sua presa di ferro la mano di Gotescalco, si preparò a infilzare la carne sotto l'unghia del dito medio.

«Basta!» urlò a quel punto Adamantius, lanciandosi verso il generale per impedirgli di fare ancora del male all'amico.

I suoi movimenti, tuttavia, furono così lenti che a Sturmio bastò alzare un piede per respingerlo. Il monaco sentì la punta del calzare di cuoio affondargli sotto lo sterno e cadde riverso, soffocato da una fitta di dolore che si ramificava nell'addome.

«Portate via quel piantagrane!» ordinò il generale. «A lui penserò dopo!»

Quando Adamantius poté riprendere fiato, uno degli uomini di Sturmio lo stava trascinando in un cubicolo attiguo. Era una follia, pensò. Un incubo. Com'era possibile che lui e un suo confratello subissero delle sevizie all'interno della loro abbazia, entro le stesse cinta in cui conduceva da tre anni una vita di quiete, lavoro e preghiera? E dov'erano gli armigeri dell'abate? Perché non venivano a salvarli?

Quei pensieri s'interruppero nel momento in cui andò a sbattere con la faccia sul pavimento di legno. Era appena risuonato un altro grido. Gotescalco, senz'ombra di dubbio. Il miniaturista ripensò al terribile spillone di Sturmio e alle ferite notate sotto le unghie delle vittime dall'erborista.

Dunque la verità era quella?, si domandò. Era stato il generale franco a uccidere Ratgar, Thioto e Udalrico? Ma per quale ragione? E chi era il misterioso *missus* di cui aveva parlato?

Ben presto le sue attenzioni dovettero volgersi altrove.

L'armigero si era appena allontanato, rinserrandolo nel cubicolo, quando a Adamantius parve di udire il ringhio di una fiera.

Subito i suoi ricordi andarono a quel che aveva visto – o creduto di vedere – durante la reclusione nella cripta.

Eppure questa non è un'illusione, meditò.

Quel ringhio era reale, ne aveva la piena certezza.

Dopo essersi guardato intorno, e sinceratosi che la stanza in cui si trovava fosse deserta, iniziò a sbirciare tra le fessure di una parete di legno che separava il suo ambiente da una stanza attigua.

E in un lampo di trasalimento, riconobbe gli occhi simili a due lune piene che l'avevano fissato ai rintocchi del mattutino. Parevano incastonati alla guisa di pietre preziose in un muso coperto di vello argentato, sotto due lunghe orecchie a punta e una fronte dalle striature corvine che sembravano riprodurre l'intrico fronzuto dei boschi.

Infine, avvinghiata alla bestia in un abbraccio di puerile tenerezza, stava lei. La fanciulla dai capelli biondi. Il *werwulf* e la Parca.

Adamantius non si era ancora sincerato d'essere o meno in preda a una visione, quando udì uno strepito provenire dall'esterno. E con un sollievo che non aveva mai provato in vita propria, udì le parole: «Aprite, in nome dell'abate!».

33

Prima ancora che qualcuno giungesse a liberarlo, Adamantius aveva intuito cosa fosse successo: gli armigeri dell'abate erano penetrati con la forza nella foresteria, tenendo sotto la minaccia dei loro archi Sturmio e
i suoi uomini. Quel che stupì il miniaturista, non appena fu libero di uscire dal cubicolo, fu la presenza dello stesso Rabano.

Sua grazia stava ritto sulla soglia con gli occhi arden-
ti puntati contro il generale.

«Come ti sei permesso, scellerato?!» stava proferen-
do in uno slancio di collera. «I miei monaci! Hai osato
fare del male ai miei monaci!» e per un attimo si voltò verso il povero Gotescalco, che se ne stava rannicchiato in un angolo con una mano insanguinata pre-
muta al petto.

Fu l'amore di un padre per il proprio figlio quello
che trasparì per un attimo sul volto dell'abate. Poi tornò la collera.

«Sturmio, che tu sia maledetto!» continuò Rabano.
«Tu e i tuoi sgherri siete banditi dalla mia abbazia, e
d'ora in poi non potrete essere accolti nemmeno nel-

la *Villa Fuldensis*. Vattene, pertanto! Sparisci dalla mia presenza prima che decida altrimenti e ti faccia rinchiudere nelle segrete di Fulda fino all'arrivo dell'imperatore, affinché sia egli a infliggerti la giusta punizione che ti spetta.»

E Sturmio, che finora l'aveva fissato con un ghigno di rabbiosa impotenza, sputò a terra con sprezzo. «Disponi dell'autorità di cacciarmi, è vero» grugnì, «ma stai pur certo che la faccenda non finisce qui. Avrai presto mie notizie, abate, e per allora prega di aver sempre mostrato lealtà verso Ludovico il Pio, perché in caso contrario sarò io, giuro, a tagliarti la testa.»

«Io sarò sempre leale verso l'imperatore» dichiarò Rabano con sussiego, mentre una folata di vento nevoso attraversava l'ingresso della foresteria, sollevandogli i lembi della tonaca. «Ed è in nome di quella lealtà, e dell'amore con cui il magnanimo Ludovico la ricambia, che ti ordino di andartene all'istante.»

«Aspettate!» esclamò a quel punto Adamantius. «Non potete permettergli di lasciare Fulda impunito.»

L'abate gli rivolse un'occhiata interrogativa. «È per il male che gli hai visto fare al tuo confratello?»

«In merito a quello» rispose, «spetta a Gotescalco affermare se è incline o meno al perdono. Io mi riferisco alle ferite che Sturmio gli ha inferto alle dita» e indicò lo spillone che il generale stringeva ancora in pugno. «Sono esattamente le stesse ferite che Udalrico sosteneva d'aver notato sotto le unghie di Ratgar e di Thioto.»

«Le due vittime?» sobbalzò Rabano.

«È *lui* l'assassino, capite?» insistette Adamantius. «Se

gli arcieri non fossero sopraggiunti in tempo, avrebbe ucciso anche me e Gotescalco!»

Lo sbigottimento provocato da quelle parole sui presenti fu tale che Sturmio, con uno scatto fulmineo, ne approfittò per scagliarsi contro l'arciere che lo teneva di mira. E i suoi uomini, che parevano non aspettare altro, agirono all'unisono, sguainando le spade contro gli altri armigeri dell'abate.

Un attimo dopo l'interno della foresteria era diventato teatro di un combattimento senza quartiere, in mezzo al quale il generale si aprì un varco lanciando una *francisca*[2] contro la fronte di un avversario. Il rumore del cranio che si spezzava fu così raccapricciante da indurre Adamantius a ripiegare verso la soglia, dove l'abate assisteva come paralizzato. Ma prima che il miniaturista potesse mettersi in salvo, si sentì afferrare per il cappuccio della tonaca.

«Tu verrai con me!» gli gridò Sturmio, stordendolo con un colpo alla nuca. Poi, con voce ancora più potente, aggiunse in direzione dei suoi sgherri: «Badate a Rotilde! Che non le succeda nulla!».

Dopodiché il generale si diresse verso l'uscita, tolse di mezzo l'abate con una spallata e, tenendo l'esanime Adamantius su una spalla alla guisa di un fantoccio di paglia, attraversò a grandi falcate la distesa di neve.

---

[2] Scure a manico corto, da lancio, usata anticamente dai guerrieri franchi.

34

«Lo so che è qui! Lo so! Lo sento!»

Adamantius si destò di soprassalto, ritrovandosi sdraiato su un pavimento di pietra.

La vista era annebbiata e l'udito gli faceva percepire i suoni in modo distorto, quasi fossero una remota cacofonia.

«Lo so, lo so!» continuava a grufolare la voce.

Il miniaturista si strofinò gli occhi e alzò la testa, sfiorato dalla sensazione di trovarsi nello studiolo dell'abate. A pochi passi da lui, una figura avvolta in una pelliccia scura frugava fra gli scaffali di un *armarium*, gettando carte alla rinfusa.

Incapace di mettere a fuoco l'immagine, Adamantius allungò la mano verso uno scranno per tentare di alzarsi in piedi, ma non appena fece forza sulle ginocchia stramazzò di nuovo al suolo.

A quel rumore, la figura impellicciata si voltò. «Ah» grugnì, «ti sei svegliato.» E si avvicinò.

Una mano enorme si chiuse sul bavero del monaco e lo sollevò da terra.

«Dimmi dov'è» ordinò la voce.

Adamantius era a malapena in grado di balbettare. «Io... io non...»

«Dimmi dov'è!» ripeté Sturmio, scuotendolo con violenza. «Non azzardarti a mentire come gli altri due! Non azzardarti, cane bastardo, o giuro sul mio sangue che la pagherai!»

«Ti chiedo venia...» mormorò il miniaturista. «Non capisco... di cosa... parli...»

«Il *missus*!» rimarcò il generale in un crescendo d'esasperazione. «Non fingere di esserne all'oscuro! Io devo trovarlo, m'intendi? *Devo!* A tutti i costi!»

Adamantius avrebbe detto qualsiasi cosa pur di farlo smettere. Ormai era allo stremo e più di ogni altra cosa desiderava coricarsi su un giaciglio, al caldo, per abbandonarsi a un sonno ristoratore nell'attesa che la febbre lo liberasse dal suo laccio. Fu così che pensò di parlare del messaggio che per qualche istante doveva essere stato tra le dita di Udalrico. Forse, meditò mentre scivolava nell'incoscienza, se avesse accennato a quel messaggio il generale l'avrebbe lasciato in pace.

Poi, però, vide qualcosa che gli fece cambiare idea.

Una cosa talmente strana che ebbe il potere di riportarlo alla lucidità.

«Ebbene?» tornò a scuoterlo Sturmio. «Ti si sta per sciogliere la lingua o vuoi che ti mozzi il naso?»

L'attenzione di Adamantius, tuttavia, era interamente rivolta a ciò che stava accadendo *alle spalle* del generale. E quando quest'ultimo se ne accorse, lo lasciò andare e si voltò di scatto. Ma ormai era troppo tardi.

L'*armarium* riposto contro la parete aveva appena terminato di ruotare silenziosamente come un battente sui cardini, rivelando la presenza di una porta che fino ad allora era stata nascosta dietro di esso.

E su quella porta, più immobile di una statua, stava un uomo avviluppato in un mantello verde.

Sturmio non ebbe nemmeno il tempo di fiatare.

Il colpo calò su di lui con la violenza di una falce.

35

Quando giunsero i soccorsi, Adamantius giaceva privo di sensi sotto il cadavere del generale. Bastò il risuonare delle voci intorno a lui per svegliarlo, dopodiché il miniaturista osservò d'istinto l'*armarium*, trovandolo perfettamente sistemato contro la parete. Qualsiasi cosa si nascondesse dietro di esso, restava avvolta nel mistero.

Poi il monaco si sentì liberare dal peso del corpo inanimato che giaceva sopra di lui, e con orrore poté scorgere il triplice squarcio che lacerava il collo e il petto dell'imponente Sturmio.

Infine sentì una mano posarsi sulla sua spalla.

Alzando gli occhi, incrociò lo sguardo di Rabano.

Uno sguardo che implorava il suo silenzio.

Dopo quel giorno, a Fulda, gli omicidi cessarono.

Epilogo

Giunse la primavera, e con essa il rifiorire delle selve che regalarono alle terre dell'Assia un manto color smeraldo. Ripresosi dalla malattia, Adamantius era tornato a lavorare nello *scriptorium*, dove aveva trascorso i mesi invernali a ingentilire con le sue superbe miniature le pagine del *De laudibus sanctae Crucis*, una raccolta di poesie composte dallo stesso Rabano in omaggio all'imperatore e al papa.

Anche le vite di Gotescalco, Walfrido e Lupo erano tornate alla normalità. Il primo, per il momento, aveva accantonato i progetti di abbandonare la vita monastica, dedicandosi anima e corpo all'elaborazione di una sua personale dottrina teologica che chiamava *gemina praedestinatio*, "doppia predestinazione", secondo la quale, nella storia dell'umanità, soltanto un limitato numero di eletti era destinato alla salvezza eterna.

La seconda occupazione di Gotescalco coinvolse anche Walfrido. Entrambi, infatti, scoprirono di condividere la passione per i componimenti in versi, molti dei quali finivano di tanto in tanto sullo scrittoio di Lupo, che era tornato con zelo indefesso ai suoi studi di esegesi biblica.

Sotto quell'apparente stato di quiete, però, nessuno di loro aveva dimenticato le esperienze vissute durante la bufera di neve. Evitavano di parlarne con gli altri confratelli e, persino quando si trovavano da soli, preferivano accennarne soltanto di sfuggita, quasi per il timore di rievocarne le sciagure.

Ma chi tra loro ne era rimasto più segnato era Adamantius. La sua incontenibile fantasia, che sin dall'infanzia si era nutrita di figure e di immagini di ogni tipo, tornava sovente, specie di notte, a quei tristi eventi, provocandogli incubi che lo facevano svegliare di soprassalto nel *dormitorium* invaso dalle tenebre.

Il miniaturista, d'altro canto, seppe sopportare in silenzio quel fardello, facendo onore al significato del proprio nome, che in latino voleva dire "solido come l'acciaio". Finché, un giorno, non fu convocato coi suoi tre amici nello studiolo dell'abate.

Trovarono il venerabile Rabano seduto allo scrittoio, intento ad aspettarli con le dita intrecciate sotto il mento.

«Ho riflettuto a lungo se fosse opportuno reclamarvi alla mia presenza» esordì sua grazia non appena li vide prendere posto sugli scranni davanti a sé, «e alla fine ho deciso che meritate di conoscere la verità. O per lo meno, di ricevere conferme in merito a ciò di cui vi sarete senz'altro fatti un'opinione.»

I quattro si scambiarono una rapida occhiata. Benché l'abate non avesse fatto riferimenti diretti all'argomento di cui intendeva trattare, nessuno di loro aveva il minimo dubbio su ciò a cui alludesse.

«Il mio desiderio, tuttavia» continuò Rabano, «sarebbe iniziare il discorso lasciando parlare voi, figli miei, che più di chiunque altro, in questo *monasterium*, siete stati coinvolti nella vicenda. Vorrei ripercorrere i fatti attraverso le vostre dirette esperienze.»

«Al fine di valutare cosa vi convenga rivelarci e cosa invece tenerci nascosto?» replicò Gotescalco, incapace di trattenere la sua diffidenza.

«A che pro?» disse l'abate senza risentirsi. «Se fosse stato nel mio interesse mantenervi all'oscuro, non vi avrei certo invitati a questo confronto.»

«È vero» dovette ammettere Lupo.

«Ma i fatti li conoscete già» obiettò Walfrido in direzione dell'abate. «Dopo la morte di Sturmio e l'allontanamento del suo esercito da Fulda, avete ascoltato le nostre versioni al cospetto del priore e di un esaminatore dell'imperatore. Sapete già tutto su come abbiamo reperito i corpi delle vittime e pure sulle motivazioni che ci hanno spinto prima a nasconderci e poi ad aiutare Gotescalco a evadere dalla sacrestia.»

«Eppure» proseguì Rabano, «nessuno di voi, nel porgere la propria testimonianza, ha fatto menzione al messaggio.»

«Quale messaggio?» sobbalzò Walfrido, cogliendo la stessa sorpresa sul volto di Lupo.

Adamantius placò entrambi con un rapido cenno. «Io e Gotescalco abbiamo deciso di non parlarvene affinché nessuno di noi si lasciasse sfuggire una parola di troppo al cospetto dell'esaminatore imperiale» spiegò. «Se tutti e due abbiamo scelto di mantenere il silenzio su quel messaggio, è stato perché sospettavamo entrambi che contenesse delle informazioni compromettenti sull'abate.»

Rabano abbozzò un sorriso di gratitudine. «Quindi avete mentito per me» dichiarò, «pur ignorando sia il mio grado di coinvolgimento nella vicenda, sia quale segreto stessi nascondendo.»

«La nostra lealtà nei vostri confronti si è spinta ben oltre» sottolineò il miniaturista. «È stato a causa di quel messaggio, infatti, che Udalrico ha perso la vita. Dopo aver parlato con me e con Gotescalco, egli era andato a cercarlo nel vostro studiolo. Era persuaso che voi l'aveste trovato nella colombaia, subito dopo che ci eravamo imbattuti nel cadavere di Thioto, e che l'aveste prontamente nascosto fra queste pareti.»

«È vero» si adombrò l'abate. «È andata esattamente così. Aspettavo da molti giorni l'arrivo di quel messaggio e, appena sono venuto a sapere del rinvenimento del cadavere di Thioto, non ho voluto trascurare l'eventualità che detto messaggio fosse giunto e che rischiasse di finire nelle mani sbagliate. Perciò, mentre gli armigeri vi scortavano all'esterno della colombaia, io mi sono precipitato lassù, ho trovato quel che cercavo sul tavolo delle nuove missive e ho fatto ritorno al mio studiolo, appena in tempo per ricevervi alla presenza di Eigil e di Udalrico...» e si accigliò. «Ah, povero Udalrico! Meglio sarebbe stato se avesse propugnato con maggior veemenza la sua versione sul *werwulf*. Se non altro, la paura d'imbattersi in un mostro avrebbe costretto tutti quanti a restarsene al sicuro nelle loro celle, anziché sfidare l'ignoto. Voi per primi.»

«Significa...» si meravigliò il sassone. «Significa che voi approvavate la condotta superstiziosa dell'erborista?»

«Affatto» rispose Rabano. «Ma a mali estremi, estremi rimedi. Ti confesso che, anziché esporre la mia *familia* monastica al pericolo, ero disposto ad accettare che le leggende pagane di Udalrico attecchissero in tutti voi, fomentando il vostro terrore verso il soprannaturale. Ecco perché ho voluto che fossi proprio tu, Gotescalco, a mondare dal sangue il cadavere di Ratgar. Prima che tu entrassi in erboristeria, Udalrico aveva già confidato a me le sue ipotesi sul *werwulf* e io ero sicuro che, una volta che mi fossi allontanato, lui ne avrebbe parlato anche a te. E che tu, quindi, avresti divulgato la sua versione.»

«Perciò» intervenne Lupo, sempre rivolto all'abate, «quando avete ammonito Udalrico alla presenza nostra e del priore, si trattava di uno stratagemma atto a enfatizzare e non a confutare la storia del mostro.»

«Non c'è nulla quanto una proibizione a suscitare l'interesse su un dato argomento» annuì Rabano. «E in quel caso specifico, ponendo il veto sulle parole di Udalrico, le ho ingigantite ai vostri occhi, distogliendovi da quel che accadeva per davvero fra le mura di Fulda.»

«Eigil però sapeva» soggiunse Adamantius con tono d'accusa. «Ha sempre saputo, non è vero? Doveva essere al corrente della verità fin dal principio, ossia da quando Lupo vi ha visti confabulare di notte nel chiostro.»

«Eigil avrebbe dovuto aiutarmi a nascondere la verità» sospirò Rabano. «Il suo compito era tenere occupato Sturmio affinché non ficcasse il naso nei nostri affari, ma ha ben pensato di agire secondo il proprio intendimento.»

«Per confondere maggiormente le acque» arguì Walfrido.

«In modo del tutto amorale e sconsiderato» commentò l'abate con palese disapprovazione. «A farla breve, Eigil si era messo in cerca di un capro espiatorio: uno o più innocenti a cui attribuire la colpa delle morti che si abbattevano sulla nostra comunità. E voi quattro sembravate i candidati perfetti, giacché eravate rimasti coinvolti nella vicenda fin dall'inizio.»

«Coinvolti per puro caso» ci tenne a precisare Lupo.

«Non ho mai nutrito dubbi al riguardo» lo tranquillizzò Rabano. «Per questo motivo vi ho difesi dalle accuse.»

«Ma non avete difeso Ratgar, Thioto e Udalrico» gli fece presente Gotescalco in uno slancio di animosità.

Al sentir pronunciare quei nomi, l'abate abbozzò una smorfia di cordoglio. «Pace alle anime loro» mormorò, segnandosi una croce sul petto. «L'esaminatore imperiale ha accettato la mia versione, ossia che loro tre, come pure Sturmio, sarebbero stati uccisi da un orso rabbioso insinuatosi entro le cinta abbaziali. Un orso, vi rendete conto?» e rise con amarezza. «Subito dopo la morte del generale franco, ho dovuto inviare degli arcieri nel folto della macchia affinché ne uccidessero uno e lo portassero qui, in gran segreto, per far credere che l'avessero abbattuto nella nostra corte. In questo modo ho potuto rendere credibile il mio resoconto. Ma la verità...» e abbassò lo sguardo. «La verità è che non ho potuto far nulla per salvarli. E tutto a causa della venuta degli armigeri! Se quello stolto di Sturmio non si fosse impicciato...»

Adamantius frenò un moto di nervosismo stringendo le dita sulle ginocchia. «Quando quell'uomo ha catturato me e Gotescalco era fuori di sé» confessò. «Sosteneva d'essere stato ingannato da voi, vostra grazia, e... e da...» Si batté la mano sulla fronte nello sforzo di ricordare. «E da altre due persone» rammentò d'un tratto. «Due bugiardi, li chiamò. È probabile che li abbia interrogati proprio come ha fatto con Gotescalco.»

«Non c'è dubbio» si trovò d'accordo il sassone. «Doveva trattarsi di Ratgar e di Thioto. I segni di spillone reperiti sotto le loro unghie non lasciano dubbi. Pensateci! Proprio i segni che Udalrico aveva interpretato come un *maleficium* delle Parche erano le prove schiaccianti del coinvolgimento di Sturmio.»

«Ma non è stato Sturmio a uccidere i nostri confratelli» dichiarò a quel punto Adamantius.

«Allora chi sarebbe stato?» domandò Lupo, scrutando a uno a uno i propri compagni e per ultimo l'abate.

«È stato colui che Sturmio stava cercando» rispose il miniaturista. «Colui che forse, qualche notte prima che tutto avesse inizio, era stato visto da Ratgar penetrare nell'abbazia attraverso la porta meridionale. Colui che attendeva un messaggio da un piccione inviato alla colombaia custodita da Thioto» e aprì le braccia. «*L'esterno*, capite?» esclamò. «Fra tutti i nostri confratelli, Ratgar e Thioto erano gli unici ad avere gli sguardi rivolti all'esterno. Gli unici, oltre all'abate e al priore, a poter essere al corrente della presenza di un intruso dentro l'abbazia.»

«Un *missus*» puntualizzò Gotescalco. «Un "messaggero". Mentre mi torturava, Sturmio non faceva che ripetere quella parola, chiedendomi se ne sapessi qualcosa.»

«L'ha pronunciata anche al mio cospetto» assentì Adamantius. «Sturmio deve aver cercato il *missus* in ogni
dove, infischiandosene del veto di aggirarsi nel nostro
cenobio. Persino facendone fiutare le tracce da un cane...
Il cane enorme che io ho intravisto per la prima volta
nella cripta di San Michael, scambiandolo per un mostro dalle sembianze lupine, e poi nella foresteria, accanto a quella fanciulla dai capelli dorati....»

«Alludi alla giovane Rotilde» chiarì Rabano. «La fi-
glia di Sturmio. Il generale l'aveva portata con sé e si-
stemata nella foresteria. A quanto ho potuto scoprire in
seguito, Rotilde era l'unica a riuscire a comandare quel
cane, perciò Sturmio dev'essersi visto costretto a servirsi di lei per avvalersi del fiuto della bestia.»

«Ecco spiegate le visioni di Adamantius!» intervenne Walfrido. «Che senso avrebbe avuto, tuttavia, portare un cane nella cripta?»

«Credevo d'averti spiegato» disse Gotescalco «che
la cripta di San Michael, al pari di quella della basilica abbaziale, comunica con le fondamenta di un anti-
co palazzo munito di passaggi sotterranei. Forse Sturmio ne era al corrente e sperava di trovare tracce del
misterioso *missus* perlustrando il labirinto di gallerie
che conducono all'esterno dei possedimenti di Fulda.
Una ricerca inutile, a quanto pare, se non ad atterrire
il nostro Adamantius.»

«Una spiegazione logica» dichiarò Rabano, «alla
quale non posso aggiungere altro, se non la mia con-

vinzione che il generale e i suoi uomini abbiano perlustrato a fondo la nostra abbazia in cerca di una persona: un *missus* giunto da lontano, pochi giorni prima della bufera di neve» dopodiché i suoi occhi si posarono su Adamantius, che continuava a stringere le dita sulle ginocchia come se si ostinasse a trattenere un terribile segreto. «Un *missus* che, come avete arguito, è responsabile degli omicidi.»

«E chi sarebbe dunque costui?» sbottò Lupo col volto paonazzo.

L'abate rise serafico, quindi si rivolse al miniaturista. «Tu l'hai visto, non è vero?»

Adamantius annuì. «Solo per un attimo» e distolse lo sguardo.

«Non temere» lo incoraggiò sua grazia. «Esprimiti liberamente.»

«Un uomo col mantello verde» disse allora il giovane monaco. «L'ho visto uscire da lì» e indicò l'*armarium* collocato di fronte allo scrittoio. «Non era un *werwulf*, né un mostro di alcun genere. Un semplice uomo in carne e ossa. L'ho visto uccidere Sturmio con una mossa fulminea, dopodiché ho perduto i sensi.»

«Ringrazia Dio d'essere ancora in vita» mormorò l'abate con tono cupo. «Prima di Sturmio, quell'uomo aveva ucciso Udalrico. L'ha sorpreso mentre recuperava dal mio leggio il messaggio di cui parlavamo poc'anzi e l'ha inseguito finché non è riuscito a strapparglielo dalle mani, assicurandosi poi che l'erborista tacesse per sempre. E allo stesso modo» soggiunse con voce ormai sepolcrale, «quell'individuo aveva già ucciso Ratgar e Thioto, essendo venuto a scoprire che erano stati entrambi interrogati da Sturmio sul suo conto. Quei due confratelli infatti, come hai ben intuito, erano al corrente della sua presenza nell'abbazia.»

«E come li avrebbe trucidati?» fece Lupo, incredulo. «Non si era detto che le ferite sulle vittime parevano inferte da un enorme artiglio?»

«L'ho visto, l'artiglio» confermò Adamantius con una nota di raccapriccio. «Ho visto i suoi uncini affilatissimi squarciare la carne del generale franco in un sol colpo. Ho udito pure il sibilo dell'aria che pareva strapparsi alla guisa di un lembo di tessuto, mentre l'uomo col mantello verde ha sferzato Sturmio con un flagello a tre lacci, ognuno dei quali terminava con un rostro di metallo simile al becco di un'aquila.»

Gotescalco si alzò di scatto, gli occhi fissi sull'*armarium*.

«Non darti pensiero» lo quietò Rabano. «Adamantius ha ragione. Dietro quel mobile c'è un passaggio che conduce a una stanza segreta, ma posso assicurarti che al momento non vi si nasconde più nessuno.»

«Se eravate consapevole di tutto questo...» prese parola Walfrido con un'espressione sconvolta, «perché, reverendissimo padre, vi siete reso complice di un omicida? Perché l'avete protetto, celato ai nostri sguardi, mentendo persino sulle morti dei nostri confratelli?»

«Perché era necessario per il bene del Sacro Romano Impero» rispose l'abate. Quindi si levò dallo scrittoio con una maschera d'impassibilità dipinta sul volto e si affacciò a una bifora rivolta all'esterno. Soltanto le dita intrecciate dietro la schiena rivelavano i moti del suo tormento interiore. «Un impero» ribadì, «che noi monaci benedettini abbiamo contribuito a concepire e a costruire nella sua unità dai tempi di Carlo Magno, e che ora rischia di crollare a causa dei contrasti tra l'imperatore Ludovico il Pio e i suoi figli ribelli. Contrasti non solo politici, ma anche di guerra, di caos e di devastazione.»

«Ebbene» s'irritò Gotescalco, «cosa c'entrerebbe tutto ciò con i delitti dell'abbazia?»

«Il *missus* di cui stiamo parlando, e che è stato costretto a uccidere dei monaci innocenti per mantenere segreta la sua presenza, era un uomo inviato da Lotario, il figlio maggiore dell'imperatore. Era giunto qui, a Fulda, in attesa di un messaggio che egli avrebbe dovuto recapitare a Ludovico il Pio in persona. Un messaggio segretissimo, di cui nessuno avrebbe dovuto conoscere l'esistenza fino al momento prestabilito. Un messaggio passato dalle mani di Thioto alle mie, e poi finito in questo studiolo finché Udalrico non l'ha trovato un attimo prima dello stesso *missus* a cui era destinato. Un messaggio di cui Sturmio era alla ricerca, sospettando, in un eccesso di zelo, che contenesse le istruzioni per una congiura contro l'imperatore. E invece...»

«Invece?» lo spronò Adamantius.

L'abate si voltò. Sorrideva. «Adesso che il *missus* è giunto alla corte di Ludovico il Pio, e il messaggio è stato consegnato, ne posso parlare senza correre il rischio di mettere a repentaglio la vita di nessuno. Ormai tutti sanno. È già storia, capite? Ecco perché ho dovuto attendere prima di mettervi al corrente. Ordunque, il messaggio recava un'offerta di tregua. I figli ribelli, capeggiati da Lotario, incontreranno entro pochi giorni il loro padre nella piana di Rothfeld, in Alsazia, e là discuteranno pacificamente, alla presenza di papa Gregorio IV, sul futuro di questo impero. E grazie al silenzio che noi abbiamo saputo mantenere...»

L'abate s'interruppe al rumore di una porta che si apriva.

Tutti si voltarono verso l'uscio. Senza che nessuno se ne accorgesse, Gotescalco si era alzato dallo scranno ed era intento ad andarsene.

«Cosa... cosa significa?» mormorò Rabano con una punta d'irritazione.

Il sassone si strinse nelle spalle. «Un futuro germogliato sulla morte e sulla menzogna non potrà che nutrirsi di esse» sentenziò senza neppure voltarsi. «E i suoi frutti ricadranno su di noi, usando le nostre vite come concime.»

Infine, con lo sguardo già rivolto verso l'Apocalisse, si congedò con sarcasmo: «Forse, su di questo, scriverò una poesia».

Nota dell'autore

Le ultime parole di Gotescalco sarebbero state profetiche, se pronunciate per davvero e non solo in un romanzo. Nella piana di Rothfeld, durante il mese di giugno dell'833, Ludovico il Pio incontrò i suoi figli ed eredi Lotario, Pipino d'Aquitania e Ludovico il Germanico con l'intenzione di risolvere le questioni dinastiche che logoravano l'enorme impero lasciato da Carlo Magno, ma anziché giungere a una soluzione pacifica egli fu tradito e costretto a consegnarsi come prigioniero, per poi vedersi temporaneamente destituito dal trono e andare incontro a nuovi contrasti.

In questi anni tumultuosi fiorì l'abbazia benedettina di Fulda. Rabano Mauro, che la guidò in qualità di abate tra gli anni 822 e 842, fu il promotore di una straordinaria rinascita spirituale e prima ancora intellettuale che s'irradiò in tutta la Germania, alimentando il prestigio dell'*Adaschule*, la scuola di corte carolingia.

Affascinato dalla bellezza dello *studium* di Tours, Rabano s'impegnò con passione a istituire entro le mura di Fulda una delle più importanti biblioteche dell'alto Medioevo, in seno alla quale si sviluppò uno *scrip-*

torium dedicato non solo alla traduzione di numerosi autori antichi, ma anche alla divulgazione della letteratura tedesca. Riguardo lo sviluppo della miniatura, egli predilesse particolarmente l'influsso dello stile anglosassone, la cui espressione più matura s'identifica nel celebre evangelario di Wüzburg, senza tuttavia chiudersi agli influssi della scuola miniatoria di Tours. Dalla quale, in questo romanzo, proviene Adamantius.

L'abbazia di Fulda all'epoca non era ancora cinta da mura di pietra, che verranno edificate soltanto dopo l'anno Mille. Fondata nel 744 su un luogo di residenza ducale franca distrutta da un incendio, ottenne da Carlo Magno un privilegio d'immunità che trasformò i suoi abati in autentici signori terrieri. Il borgo sorto a sud-est del *monasterium*, e che prese il nome di *Villa Fuldensis*, fu riconosciuto come *civitas* verso l'inizio del XII secolo.

Riguardo i personaggi che popolano questo romanzo, molti sono inventati (Eigil, Udalrico, Sturmio, Ratgar, Thioto, Formosus e lo stesso Adamantius). Molti altri però sono vissuti realmente. Oltre all'abate Rabano, è il caso di menzionare infatti Lupo di Ferrièrs, conosciuto anche come Lupo Servato, insieme a Walfrido Strabone e Gotescalco (Gottschalk) il Sassone. Si tratta di monaci e grandi intellettuali che lasciarono il segno in quest'epoca affascinante, trovandosi non di rado coinvolti in eventi storici d'immensa portata.

Per quel che riguarda il *werwulf* (parola derivata dal francone), mi sono basato su quanto scrive sant'Agostino nel *De civitate Dei* riguardo la licantropia arcadica, e pure sulle asserzioni di Rabano Mauro nell'omelia *Con-*

tra eos qui lunae defectu clamoribus se fatigabant. Qualche secolo più tardi, Burcardo di Worms raccoglierà queste tradizioni leggendarie accennando nei suoi *Decretorum libri* alle Parche, ovvero le tre sorelle – o *dominae sylvaticae* – che secondo le dicerie del volgo sarebbero in grado di trasformare un uomo in lupo, *quod vulgaris stultitia vocat weruvolff.*

Indice

«Il lupo nell'abbazia»
di Marcello Simoni
Mondadori Libri

Questo volume è stato stampato
presso ELCOGRAF S.p.A.
Stabilimento - Cles (TN)
Stampato in Italia. Printed in Italy